AF415292

Der Abenteurer

Ein Western-Roman

Richard G. Hole

Far West

ZUSAMMENFASSUNG

Für ein paar Monate waren die Straßen von San Francisco ein tragisches Schlachtfeld.

Die Bewaffneten widmeten sich der Suche nach ihren schwächsten Konkurrenten im Geschäft und der Jagd auf sie, so gut sie konnten, und zu dieser Zeit war der Friedhof der Stadt eine Pilgerfahrt von Särgen, die rigoros warten mussten, bis sie an der Reihe waren, um ihnen die Möglichkeit zu geben, sie zu versorgen ein raum zum ausruhen in einem für immer ...

Der Abenteurer ist eine Geschichte aus der Far West-Sammlung, einer Sammlung von Romanen, die im amerikanischen Wilden Westen entwickelt wurden.

DER ABENTEURER

KAPITEL I

WAFFENSTILLSTANDSVERWALTUNG

San Francisco, die Perle des Pazifiks, vibrierte vor Begeisterung, vor ungewöhnlicher Freude, mit Menschen, die vom höchsten Fieber befallen waren; es war wie ein kolossales Irrenhaus, so groß, dass Verrückte darin herumzuhängen schienen, obwohl sie in Wirklichkeit in diesem exotischen Stück wilder Küste eingeschlossen waren.

Das waren die erhabenen Zeiten, in denen Gold als Hebel der Welt sicher sein konnte, dass es wegen seines Überflusses wertlos war, und doch kämpften und töteten sich die Menschen gegenseitig, um es und die kühnsten Männer der vier Himmelsrichtungen zu besitzen. Sie kamen nach San Francisco, angezogen von seiner Pracht und von der leichten Art, es zu gewinnen, vorausgesetzt, es wurde als leicht verstanden, ein hartes Herz, einen selbstmörderischen Ungestüm und eine agile und kultivierte Hand zu besitzen, die das Hengstfohlen führte.

Mit diesen Elementen war es möglich, prächtig zu leben und das gelbe Metall zu schätzen; Jeder, der „seinen Mann getötet" hatte, und einen Mann zu töten bedeutete, einen so gefährlichen Rivalen wie ihn selbst dramatisch unterdrückt zu haben, hatte das uneingeschränkte Recht, Eigentümer von allem zu sein, was er wollte. Der persönliche Wert von Individuen wurde wie Gold angegeben, und obwohl es viele gab, die danach strebten, eine gute Aktie zu werden, die auf diesem harten Markt handelbar war, fielen sie jeden Tag in Scharen, weil ihr Überschuss ihnen das Leben unmöglich gemacht hätte. Andere.

Die Hauptstraße von San Francisco, lange Durchgangsstraße, Herz und Hirn der Stadt, die Third Street und einige andere von herausragender Bedeutung waren voller prächtiger und markanter Räumlichkeiten, in denen Gold wie in einem überquellenden Schmelztiegel floss. Jeder, der ein gutes Plakat gemacht hatte und es ohne übertriebene Avatare zum Geldverdienen ausnutzen wollte, pflegte eine Bar oder eine Spielhölle zu gründen, sicher, dass Alkohol, die fröhlichen und unbeschwerten Mädchen, die als Köder dienten, und die Spieltische würden gaming füllen ihre Taschen mit keinen logischeren Ausführungen als denen, die aus der Ausbeutung des Lasters stammen.

Aber es kam eine Zeit, in der diejenigen, die das Geschäft anders verstanden, die Sache abwägten, die Gewinne der Spielhöllenbesitzer und Spieler für das, was sie riskierten, übertrieben hielten, und ihr scharfer Witz eine neue Art der Ausbeutung des Volkes begründete.

Die Methode bestand darin, für alle Räumlichkeiten eine tägliche Gebühr zu erheben, im Gegenzug würden sie ihnen erlauben, ihre Kunden ohne einen dritten gefährlichen Eingriff der Erfinder weiter auszubeuten.

Es gab zwar Aufstände, um sich auf diese bequeme Weise unterwerfen zu lassen, aber ein paar Massenüberfälle, einige Brandstiftungen und zwei oder drei Morde an widerspenstigen Besitzern als Tribut zügelten die Nerven der anderen und aller, die die am wenigsten böse. , entschieden sie sich, diesen seltsamen Beitrag zu zahlen.

Damit war der Konflikt nicht gelöst. Daraus entstand eine neue, die festlegen sollte, wer das „Recht" hat, die Gebühr zu erheben.

Jeder Bewaffnete mit einiger Stärke nahm dieses Recht an, und es kam eine Zeit, in der die Geflüchteten sich von einigen und anderen ständig belästigt sahen und befürchteten, dass sie selbst mit dem Gesamtgewinn nicht genug erzielen würden, um so viele Münder zu bedecken, und beschlossen, setze ich Missbrauch ein, weigere mich, durch dick und dünn zu bezahlen.

Es war schon gut, dass einer der „Stärksten" an ihren Vorteilen teilnahm, um sie zu erhalten, aber nicht acht oder zehn, was die Kuh so schlaff machte, dass sie niemandem von sich geben würde.

Zu diesem Zeitpunkt beschlossen Konny Foot und Michel Fritt, die beiden kühnsten und am besten organisierten aller Bewaffneten, etwas Ordnung in dieses Chaos zu bringen, das ihre Gewinne schmälerte. Wenn das Produkt unter vielen verteilt würde, wäre es knapp, und da es nicht mehr die Feindseligkeit der Besitzer der Spielhöllen war, sondern die Konkurrenz zwischen denen des gleichen Wurfs, beschlossen sie, ihren Weg von Hindernissen zu räumen.

Für ein paar Monate waren die Straßen der Stadt ein tragisches Schlachtfeld. Beide, getrennt voneinander, widmeten sich der Suche nach ihren schwächsten Rivalen im Geschäft und der Jagd nach ihnen, und zu dieser Zeit war der Friedhof von San Francisco eine Pilgerstätte von Särgen, die rigoros warten mussten, bis sie an der Reihe waren, um ihnen die Möglichkeit zu geben, Geben Sie ihnen ein Loch, wo sie ein für alle Mal stehen.

Die Aufräumarbeiten waren so blutig, dass die wenigen, die übrig blieben, um den Kampf fortzusetzen, erkannten, dass es Selbstmord war, ihn fortzusetzen. Sie waren die schwächsten und am wenigsten mächtig, und aus freien Stücken zogen sie sich aus der Konkurrenz zurück und widmeten sich der Förderung ihres Einkommens auf andere Weise, die nicht weniger verwerflich war, aber das Lehen der beiden Bewaffneten nicht berührte.

Und so kam ein Tag, an dem nur Foot und Fritt einander gegenüberstanden.

Sie waren beide stark, wagemutig und zäh, und beide hatten Elemente, rau und hart, um sie zu unterstützen; dann wurde der Kampf tragischer und komplizierter, denn beide wussten, welches Terrain sie betraten und was der Feind vor ihnen wert war.

Aber da das Selbstwertgefühl eines jeden verletzt werden würde, wenn es nach vielen Erfolgen nachgeben sollte, beschlossen sie, um die Situation zu lösen, einen Kolossekampf zu unternehmen und versuchten mit allen Arten von listigen und gewagten Schlägen, sich selbst zu beseitigen.

Aber die Angelegenheit war nicht so einfach zu lösen, wie es schien. Es gab viele Opfer auf beiden Seiten "Verletzte, die jeder sofort decken wollte", weil es nie an Elementen fehlte, die bereit waren, Teil der Band zu sein, um gut zu leben, und daher wurde trotz der Verluste nichts erreicht, um das Gleichgewicht zu erhöhen zugunsten eines der beiden Chefs, bis beide, die nicht dumm waren, dachten, es sei an der Zeit, zu verhandeln und eine vorteilhafte Lösung zu suchen, aber das würde sie nicht in eine lächerliche Situation bringen.

Foot dachte zuerst darüber nach, und nachdem er darüber nachgedacht und Eindrücke mit seinen prominentesten Männern ausgetauscht hatte, beschloss er, das Wasser zu testen.

Es war kein sehr tragfähiges Unterfangen, seinen Rivalen zu kontaktieren. Die beiden fürchteten sich und beide trafen drastische Vorkehrungen, um dem anderen nicht die Möglichkeit zu geben, ihn zu beseitigen, und aus diesem Grund musste etwas erfunden werden, das sie bei der Durchführung des Interviews ohne unmittelbare Gefahr und ohne Verdacht in Kontakt brachte.

Dann überlegte Foot sich die beste Person, um das Interview zu arrangieren. Diese Person war Agnes Desher, "California Beauty", wie die Bronzeleute von San Francisco sie nannten. Eine Blondine von aufreizender und attraktiver Schönheit, eine Frau, die bereits im Leben geronnen ist und eine Stärke hat, die dem härtesten Schützen würdig ist, da sie durch alle Bergbaufelder gerollt war, und mit Geschick, ihre Schönheit auszunutzen und nicht zu fühlen Skrupel, Geld zu gewinnen, hatte er ein ganz ausgezeichnetes Kapital aufgebracht, das es ihm ermöglichte, in der Straße von San Francisco eine prächtige Spielhölle zu errichten, die von den besten und turbulentesten der Stadt besucht wurde.

Agnes, geschickt, hatte es geschafft, die Freundschaft der beiden Führer zu gewinnen. Die beiden bedrohten sie zunächst, beide verlangten von ihr eine große Summe, weil sie sie in Ruhe leben ließ und die Spielhölle nach Belieben ausnutzte, und sie hatte sie beide gezähmt, sodass sie sich ausnahmsweise von allen Tributen fernhielt.

Niemand wusste von der Art von Trickserei, auf die sie sich berief, und nur sie zählte, aber Agnes, eine praktische und suggestive Frau, hatte mehr als einmal angedeutet, dass dies nicht das beste Verfahren sei, um den Konflikt zu lösen, da sie überleben würden im ewigen Krieg sich selbst in den Schwanz beißen, ohne etwas Bestimmtes zu erreichen.

Die beiden besuchten sie ein paar Mal. Es stimmte, dass sie, wenn sie es taten, von der Creme ihrer Wächter gut bewacht schienen, aus Angst, ihrem Rivalen zu begegnen, und beide fühlten eine besondere Anziehungskraft für diese energische und tapfere Frau, die ihr Geschlecht verachtete und mit einer außergewöhnlichen Aggressivität ausgestattet war. sie hatte sich nicht gescheut, sich in der rauesten und wildesten Stadt Kaliforniens niederzulassen und dabei noch die rauesten und kompromittierendsten Geschäfte zu machen, die man sich vorstellen kann.

In ihren Gesprächen mit Agnes waren die beiden nicht reduzierbar gewesen. Ihre Eitelkeit als Bewaffnete konnte nicht mit einem herabwürdigenden Pakt kompensieren, weil sie ihr Gesicht gegenüber ihren Männern verloren hatten und dies gefährlicher war, als mitten auf der Straße eine schießende Niederlage zu erleiden. Aber wie es die Umstände erforderten, fühlte Foot, dass er auf Agnes' Rat hören und sich mit ihr beraten sollte. Ihre Macht, ihre Anziehungskraft und ihre List als Frau waren Waffen, die, wenn sie gut geführt wurden, viel zur Lösung des Konflikts beitragen konnten.

Eines Nachts tauchte Foot, umgeben von seinen sechs besten Männern, in der Spielhölle auf. Es war voll von Bergleuten, Spielern, Lebensunterhalt, Leuten von hohem Rang in der Stadt und um das Ganze abzurunden, belebt von einem Chor hübscher und provokant gekleideter Mädchen, die der beste Haken waren, den "die kalifornische Schönheit" ihr aufsetzen konnte Angelleine. Fisch Kunden.

Dabei darf die etwas herbstliche Schönheit von Agnes nicht übersehen werden. Dies war eine sehr gut aussehende Blondine, immer noch mit einem glatten und gut geschminkten Gesicht, die Besitzerin von zwei großen, tiefschwarzen Augen, die mit Unfug oder Naivität zu spielen verstand, da es ihr am besten passte, sich zu entwaffnen entschlossen vor ihren Augen, und sie war mit einem schlanken und gepflegten Körper ausgestattet, den sie mit weise geschnittenen, farblich getönten Kleidern veredelte, die so geschnitten waren, dass sie ihre Person besser hervorhoben, und besaß auch eine Sammlung wertvoller und auffälliger Juwelen, die glänzte im Licht der Öllampen und machte sie noch auffälliger. seine Silhouette.

Eine seltene Sache in einer so rauen und geschäftigen Stadt wie dieser; nur einmal versuchte jemand, ein wenig falsch, sich sein Schmuckkästchen anzueignen. Eine Unachtsamkeit nutzend, gelang es ihm, in Agnes' private Räume zu schlüpfen, wo er sich versteckte, entschlossen, nicht ohne die begehrte Beute zu gehen.

Sie muss etwas oder etwas, das sie erfunden hatte, vermutet haben, um zu wissen, ob jemand ihre Privaträume betrat, denn als sie sich leise und ohne die Hilfe der Männer, die ihr zur Bewachung des Geländes zur Verfügung standen, in diese zurückzog, bewaffnete sie sich mit der zwei kleine Revolver, die er immer in seinen Taschen versteckt hielt und mit beiseite tretendem Fuß die Tür aufstieß.

Als der Eindringling, der glaubte, Agnes käme herein, mit einem Revolver in der Hand vortrat, um sie einzuschüchtern, fand sie sich ohne zu wissen wie mit zwei Unzen Blei auf der Brust wieder. Richtig angeleitet hielt der Dieb nur lange genug durch, um den Fehler zu erkennen, den er begangen hatte, da er fünf Minuten später in der Lage war, in der Leichenschau der Stadt zu erscheinen.

Aber Agnes war eine sehr kultivierte Frau, und sie begnügte sich nicht damit, ruhig und mutig Gefahren zu beseitigen. Er musste es öffentlich machen und einen Alarmruf an diejenigen absetzen, die vom Glanz seiner Juwelen zu geblendet sein könnten, und rief den vertrauenswürdigsten Mann an, den er in der Spielhölle hatte, und befahl:

„Billy, trag das Aas und bring es zu einem Baum mit starken Ästen. Hängen Sie ihn daran auf und legen Sie dieses Papier auf seine Brust, damit diejenigen, die es wissen möchten, es lesen können.

Das Papier sagte kurz:

"Sie wurde von Agnes Desher, 'California Beauty', getötet, weil sie versucht hatte, ihren Schmuck zu stehlen, indem sie ihre Zimmer durchsuchte."

Die Anzeige war gesund. Der Golden Herald, die am weitesten verbreitete Zeitung der Stadt, griff die Geschichte auf und kommentierte sie nach Belieben. Agnes war eine Institution in San Francisco und alles, was sie betraf, interessierte sowohl die Nachbarschaft als auch die schwimmende Bevölkerung.

Das Ereignis wurde in allen Tönen und in allen Spielhöllen und Freizeiteinrichtungen kommentiert, und wie sie behauptete, war es eine eindringliche Warnung, die sie vor neuen Versuchungen zur Plünderung bewahrte.

Dies war der Vermittler, den Foot gewählt hatte, um seine Differenzen mit Fritt beizulegen. Wenn sie wollte "und sicher war, dass sie es tun würde", könnte sie das Interview mit ihrer Rivalin auf neutralem Boden arrangieren, wo keiner den anderen fürchten müsste.

In dieser Nacht war Agnes in ihrer Pracht. Die Tische waren voll ausgelastet, die Theke war voll mit Kunden, die steuerfrei tranken, und die anderen Tische in der Mitte des Lokals waren von einem Publikum besetzt, das so überfüllt war, dass es sich kaum bewegen konnte, und von If that nicht genug, der Staatssenator hatte sich gefreut, das Lokal zu besuchen und galant um seinen Besitzer zu werben, obwohl er ein Mann in den Sechzigern und bauchig war, von Asthma dominiert und aufgrund seiner schweren Rheuma-Anfälle etwas unbeholfen beim Gehen.

Aber der Senator war eine etwas theoretische Macht, aber eine Macht in San Francisco, und Agnes verschmähte es nicht, ihm zu schmeicheln und mit ihm zu gehen, sicher, dass sie ihn in jedem Moment der Not zu ihren Gunsten Hals über Kopf in die Knie zwingen würde.

Als er Foot auftauchen sah, lächelte er ausdrucksvoll und zeigte zwischen dem gemalten Rot seiner Lippen den makellosen Schnee seiner feinen und gepflegten Zähne.

Er bedeutete ihm, nach vorne zu kommen, und deutete auf den Tisch, den er immer für seine Freunde reserviert hatte, und Foot befahl seinen Männern, Wache zu halten und ihn gleichzeitig nicht aus den Augen zu verlieren.

Agnes saß neben dem Schützen und kommentierte:

Hallo, Fuß. Ich habe deinen süßen Schnurrbart seit mehr als drei Wochen nicht mehr gesehen. Das ist eine Demütigung für meine anzügliche Person, und ich werde mich gegen Sie beschweren müssen. Bist du so damit beschäftigt, Leute in die Hölle zu schicken, dass du keine Zeit hast, einen guten Freund zu besuchen, oder hast du ... Angst, wegen der Kälte der Nacht auszugehen?

„Ein bisschen von allem, Agnes, warum sollte ich es leugnen? "Erwiderte der Schütze zynisch lächelnd." Sie kennen das Wetter in San Francisco gut und wissen, dass es zu bestimmten Zeiten, insbesondere nachts, nicht sehr gesund ist. Meine kostbare Gesundheit ist sehr anspruchsvoll.

„Was nützen dir all die gutaussehenden Typen, die dich als Schatten begleiten?

„Oh! Gegen einen Orkan aus Blei, der in den Schatten der Nacht aufsteigt, reicht jede Kleidung nicht aus. Das Imperium der Schatten ist großartig, aber es hat auch seine Nachteile.

„Es ist wahr. Wie kannst du es also wagen, heute Abend zu kommen?

„Weil ich mit dir reden muss.

Sie starrte ihn an und antwortete:

„Es wird nicht darum gehen, den Operationskanon wiederzubeleben oder mir noch einmal zu wiederholen, dass Sie mich mögen, dass Sie eine Partnerschaft mit mir eingehen und mich sogar nach New York bringen würden, um als orientalische Prinzessin zu leben. Das ist schon gut angelegt, Foot.

"Halt die Zunge dieser Viper, Agnes", antwortete der Schütze. Sie wissen, dass Sie meine Schwäche sind, und ich habe Sie von der Zahlung der Leistungen ausgeschlossen. Was das andere angeht, so habe ich es aufgegeben, es Ihnen zu wiederholen, weil ich mich davon überzeugt habe, dass Sie eine zu grüne Frucht sind, um den Zahn zu nageln.

Trotz der Tatsache, dass einige Gehässige versichern, dass ich schon zu reif bin?

„Gut. Es gibt Früchte, die, wenn sie zu reifen beginnen, ein Gefühl von Härte vermitteln und du bist einer davon. Aber lass uns die Sache auf den Punkt bringen. Ich habe etwas Wichtigeres mit dir zu besprechen.

„Enttäusche mich nicht, Foot! "Sie versicherte, eine boshafte Geste der Bosheit zu machen." Für eine Frau, die den Anspruch hat, immer Männer auf den Knien und zu Füßen zu haben, ist das eine Beleidigung. Worum geht es?

„Ich würde gerne leise mit dir sprechen", versicherte Foot und sah sich um. „Ich muss dir eine Idee enthüllen, die ich gereift habe, und ich brauche deinen Rat.

„Ah! Frauen, die jung aussehen, aber alt sind, haben normalerweise genug Lebenserfahrung, um bartlose Kleinkinder wie dich zu beraten, nicht wahr, Foot?

„Sei nicht bissig, Agnes", erwiderte Foot. Ihr Instinkt und Ihre Weisheit haben nichts mit Ihrem Alter zu tun, sondern mit dem, was Sie erlebt und gesehen haben. Ich habe mich in nichts geirrt, was sich auf Sie bezieht.

Außer dass ich mit mir Liebe mache. Sie wissen, dass dies eine Mikrobe ist, die keinen Platz findet, um meine schöne Person auszubeuten.

„Beanspruchen Sie trotz allem nicht den Sieg. Wenn es eines Tages ein Schlupfloch findet, um sein Gift in dich zu stecken, bist du an diesem Tag verloren.

„Deshalb desinfiziere ich mich täglich. Hier, das ist der Schlüssel zu meinen Räumen. Da ich keine Angst vor Kritik habe, gehen Sie in die Galerie, öffnen Sie sich und warten Sie dort auf mich. In einer Weile werde ich an Ihrer Seite sein, um Ihnen zuzuhören.

Er tätschelte ihr liebevoll das Gesicht und stand auf. Foot trat auf einen seiner Männer zu, wechselte mit leiser Stimme ein paar Worte mit ihm und verschwand die königliche Treppe hinunter, die sich in zwei Abzweigungen rechts und links zur Galerie führte.

Seine Leibwächter standen in der Nähe der Treppe Wache, und Agnes, nachdem sie sich mit dem Senator unterhalten hatte, der beschlossen hatte, ein paar Dollar auf das Roulette-Rad zu legen, ging hinauf, um nach dem Schützen zu suchen.

Er wartete auf sie, lag träge auf einem Liegesofa neben einem kleinen Tisch, an dem er eine Flasche Whisky und Zigaretten fand. Das sanfte Licht einer Lampe, die von der Decke hing, warf seine Reflexe direkt auf Boot's Gesicht, während sein Revolver metallene Reflexe ausstrahlte, fast neben der Flasche und in schnellster Reichweite seiner Hand.

Agnes warf ihm einen tiefen Blick zu und versuchte, mit ihrem Blick alles zu erfassen, was sie in den funkelnden schwarzen Augen des wilden Schützen lesen konnte, dieses Mannes mit harmonischen Linien, flexibler Taille und heiterem Gesicht, der eine der größten Mächte in San Francisco war .

Und dieses Mal fand sie ihn anders als andere. Jetzt sah er aus wie ein müder und alter Mann. Seine Augen, immer heiter und ein bisschen spöttisch, behielten dieselbe Helligkeit, ein fieberhaftes Leuchten, wie eine Härte des Strahlens, die ihn als einen harten Mann anprangerte, der er war, aber auf seiner Stirn waren tiefe Falten gezeichnet, vielleicht von Sorgen, wenn nicht es war beängstigend, und die Ecken seiner dünnen Lippen waren in leichten Falten gezeichnet, die ihm drei oder vier Jahre mehr gekostet zu haben schienen als er.

Aber es waren nur Details, die durch den neugierigen Blick einer klugen und übermäßig aufmerksamen Frau gesehen wurden. Abgesehen von diesen Details war er immer noch der männliche, starke, flexible und zähe Mann, der in seiner ganzen Kraft die Hegemonie aufrechterhielt, die er in der Stadt zu erreichen beabsichtigte, als er vor einem Jahr als einer von vielen in die Irre ging und dass es durch Mut, Wildheit und List gelang, der Anführer einer der furchterregendsten Banden der Perle des Pazifiks zu werden.

Er hatte sich eine Zigarre angezündet und sein Whiskyglas war halb voll. Agnes saß ihm frech in einer provokativen Haltung gegenüber und rief ironisch:

„Was passiert mit dem Baby aus San Francisco, das den Rat von Mama Agnes braucht? Sprich, Puppe, und sag Mama, wer dich leiden lässt.

Er ignorierte die scharfen Witze von "California Beauty" und antwortete:

„Ich bin zu dir gekommen, weil ich über deinen Rat nachgedacht habe, Agnes.

„Eine zu schreckliche Anstrengung für Ihren Intellekt, die Ihnen viele Kopfschmerzen bereitet hat. Worüber redest du? Ich habe dir viel mehr gegeben als eine liebevolle Mutter, aber du bist so dein, dass du sie immer verachtet hast. Was passiert jetzt, wo Sie gezwungen wurden, spät zu meditieren?

„Es geht um Fritt.

„Ah! Für uns beide läuft es nicht sehr gut. Ist es nicht so?

"Tun Sie nicht. Sie laufen nicht gut, oder zumindest denke ich das. Das bedeutet nicht, dass keiner von uns einen entscheidenden Schritt vor dem anderen gemacht hat, aber ich verstehe, dass uns die Kraft ausgeht und unsere Kräfte mit positiven Verlusten ohne" den Kampf entscheiden, und dieser muss irgendwann enden.

"Wie?

„Ich weiß es nicht und das muss ich wissen. Wenn wir beide eine positive Kraft sind, die wir uns nicht gegenseitig eliminieren können, müssen wir etwas tun, um sie zu beenden.

„Und was denkst du, kannst du tun?

„Vereinbaren Sie ein gutes Arrangement.

„Wow! Das ist schon rausgekommen. Wie viel Zeit hast du verloren, um dich zu überzeugen?

„Ganz oft, deshalb würde ich gerne einen anderen Weg versuchen. Ich weiß nicht, ob Fritt davon überzeugt ist, dass es am bequemsten ist, und ich möchte es wissen. Deshalb bin ich gekommen, um mit dir zu sprechen.

„Was ist deine Idee, Fuß?

„Eine ganz einfache. Du hast mit ihm genauso viel Freundschaft wie mit mir. Versuchen Sie, ihn zu sondieren, um herauszufinden, was seine Veranlagung für einen Kompromiss ist. Wenn Sie, wie ich, der Meinung sind, dass die Zeit gekommen ist, uns zu reparieren, lassen Sie es uns reparieren.

"Wenn nicht?

"Wenn nicht ... naja ... ich denke, ich werde alles riskieren, um eine Karte zu suchen, wie es ist, damit wir einen der beiden beenden.

„Es wäre ein schönes Ende nach so vielen Kämpfen, dass ihr beide ausgeschieden seid, obwohl ich das nicht glaube. Was soll ich machen?

„Ich weiß es nicht. Gib mir eine Lösung.

„Ich werde versuchen, Ihnen zu helfen, weil ich Sie beide schätze. Ich lasse Fritt kommen und mit ihm reden. Wenn ich Sie für ein Arrangement sehe, organisiere ich ein Abendessen und treffe Sie gleich hier mit mir. Sie werden unter der Aufsicht meiner Revolver sprechen, und wenn jemand versucht, meine freundliche Intervention zu mehr als nur zum Reden zu nutzen, wird er auf mich zählen müssen.

„Ich für meinen Teil verspreche, Ihre Neutralität zu respektieren.

„Ich vertraue deinem Wort. Hast du eine Lösung im Sinn?

"Nicht. Ich werde es tun müssen. Ich war mir nicht sicher ...

„Ist egal. Studiere ihn, während ich etwas studiere, und wenn er auch seine Ideen einbringt, kommt vielleicht etwas Annehmbares heraus.

„Werden Sie ihn warnen, dass wir uns drei treffen werden?

„Tun Sie nicht. Ich möchte mich nicht den Leuten aussetzen, die bereit sind, mehr zu tun als zu streiten. Ich werde ihn mit der Einladung überraschen, aber ich bitte Sie, umsichtig zu sein.

„Keine Sorge, das werde ich.

„In diesem Fall gibt es meiner Meinung nach vorerst nicht mehr über diese Angelegenheit zu sprechen. Ich schicke Ihnen eine Nachricht, in der die Nacht und die Uhrzeit des Treffens bekannt gegeben werden.

Er stand flexibel und agil auf und sagte:

„Ich bin dir sehr dankbar, Agnes. Du bist eine wundervolle Frau. Deshalb hast du dich für mich interessiert, denn ein Mann wie ich braucht eine Frau wie dich.

„Aber ich brauche diese Komplikationen nicht. Meine Unabhängigkeit ist so wild, dass ich bezweifle, dass es einen Mann gibt, der sie ertragen kann. Wenn es das gäbe ... Ich denke, es würde mir zeigen, wie sehr ich mich in ihn verliebt habe wie ein Schulmädchen.

Beide lachten über die Aussage und er kam näher und wagte es, sie zu küssen. Agnes erklärte:

„Mach dir deswegen keine Hoffnungen. Es ist eine Ware, die ich verschwende und die nicht ausgegeben wird, aber sie bedeutet nichts. Passen Sie auf, wenn Sie sich zurückziehen, die Nachtluft ist sehr schlecht.

Und er ging mit ihm hinunter in die Halle, um es seinen Wachen zu bringen.

KAPITEL II

FRIEDENSVERTRAG

Zwei Tage später erhielt Foot eine Benachrichtigung von "La Bella Californiana", damit sie sich in dieser Nacht um zehn Uhr im Laden melden würde. Er empfahl ihm, direkt durch die angrenzende Tür einzutreten, unabhängig von der Haupttür, und direkt in ihre Zimmer zu gehen, indem er die Leiter holte, die zu ihnen führte.

Er empfahl auch, seine Männer diskret zu entfernen und nicht eine Minute vor der vereinbarten Zeit zu erscheinen.

Foot hielt Agnes keinen Hinterhalt ab. Er glaubte sie gut zu kennen, um sie loyal zu kennen, abgesehen von der Tatsache, dass er persönlich daran interessiert war.

Fritt wiederum hatte dieselbe Einladung erhalten, aber eine halbe Stunde früher. Sie wollte nicht, dass sich die beiden Männer trafen, bevor sie sie kontrollieren konnte, da Fritt die Manöver seines Konkurrenten und des Besitzers des Joints ignorierte.

Fritt war sehr verwirrt über die Einladung, aber er wusste von Agnes' etwas reuelosem Wesen und von ihrem Interesse, mit ihm auszukommen. Aus diesem Grund erwiderte er, dass er zugestimmt habe, in seiner Gesellschaft zu speisen und zur festgesetzten Zeit zu kommen.

Als Fritt in der Spielhölle ankam und auf dem gleichen Weg, den er seinem Rivalen gezeigt hatte, die Privaträume von "La Bella Californiana" erreichte, war er etwas verwirrt. Ein prächtiger Tisch war mit sauberen weißen Tischdecken, glänzendem Porzellan und klaren Kristallkelchen gedeckt. Agnes, nachdem sie ihn freundlich begrüßt hatte, deutete auf einen Platz und er kommentierte:

„Feierst du deinen Geburtstag, Agnes?

„Nein, Schatz. Das ist ein Datum, das ich versuche, so gut es geht zu vergessen. Die Jahre sind der einzige Feind, den ich fürchte und ich versuche zu vergessen, dass es ihn gibt.

„Also, dieses intime Abendessen, was gehorcht es?

„Vieles, was ich interessant finde, Fritt. Ich tue nie Dinge, um sie ohne einen berechtigten Zweck zu tun. Setzen Sie sich und bedienen Sie sich etwas, wir werden nicht lange brauchen, um mit dem Abendessen zu beginnen.

Er sank in einen bequemen Sessel und goss sich Whisky ein. Agnes warf ihm einen Blick zu, um seine Reaktionen abzuschätzen, aber Fritt war ein hermetischer und kalter Mann, in dessen Augen es immer sehr schwierig war, seine Gedanken zu lesen.

Als Mann war er ein sehr attraktiver Typ. Groß und flexibel trug er mit raffinierter Eleganz seinen weiten haselnussfarbenen Gehrock, seine schicke Weste, die auf der Brust von einer dicken Goldkette gekreuzt war, sein weißes Seidenhemd, makellos, mit einer großen kastanienbraunen Decke und in der Mitte ein riesiger Diamant in die Mitte. Hufeisenform, seine hellgrauen Hosen und polierten Stiefel. Unter seinem Gehrock trug er einen schmalen Gürtel, an dem halb verdeckt ein sechsschüssiges Hengstfohlen hing.

Er trank den Whisky aus, und als er seinen Blick auf den Tisch richtete, war er angespannt, als er sah, dass drei Plätze frei waren.

„Was soll das heißen? Haben Sie Gäste?

„Ja, aber keine Sorge. Sie werden nicht denken, dass ich versuche, Ihnen eine Falle zu stellen.

„Wenn ich das gedacht hätte, wäre ich nicht gekommen.

„In diesem Fall hoffe ich, dass Sie ruhig bleiben und keine Wildheit begehen. Mein Haus ist ein neutraler Boden, in dem jeder, der betritt, sicher ist.

"Was meinst du damit?

„Dass, selbst wenn ich Ihren schlimmsten Feind hierher gerufen hätte, Sie die Garantie haben könnten, dass nichts passieren würde.

„Möchtest du dich klar erklären, Agnes?

„Ich erkläre mich, denn es ist ungefähr zehn Uhr und ich möchte nicht, dass du eine Überraschung erleidest, die deine Nerven aus dem Gleichgewicht bringen könnte. Der vermisste Gast ist Foot.

Fritt stand heftig auf, aber sie hielt ihn mit einem kalten Blick zurück, indem sie sagte:

"Willst du still sein? Ich habe dir versichert, dass nichts passieren wird ... zumindest hier. Jetzt werde ich dir noch etwas sagen; ich habe euch beide gerufen, weil ich verstehe, dass es Zeit für euch ist you sprecht und legt eure Differenzen so gütlich wie möglich bei. Ihr verschlingt einander umsonst, und das ist dumm. Ich glaube nicht, dass es mit gutem Willen schwer ist, eine Einigung zu erzielen.

Fritt fragte trocken:

„Wer hat das angedeutet, Foot?

"Tun Sie nicht. Ich war es. Ich habe es ihm neulich Abend gesagt und er schien viel darüber nachzudenken, aber er antwortete, dass er keine eigene Lösung finden konnte; stattdessen stimmte er zu, die Angelegenheit mit zu besprechen Deshalb habe ich mir erlaubt, euch beide zum Essen zu treffen. Ich hoffe, eine gute Verdauung stimmt euch ein wenig optimistisch.

„Nun, ich danke Ihnen für Ihren guten Willen; Aber weißt du, was passieren kann, wenn er weiß, dass ich hier bin, während ich nicht wusste, dass er kommt?

„Mir ist alles klar, aber mit diesen Bedenken führt es nirgendwo hin. Sie werden mir nicht so dumm glauben, dass ich mit meiner Haut einen Verrat begehe, der mir keinen Vorteil bringen würde. Weder Sie noch er können etwas tun, weil ich meine Vorkehrungen getroffen habe. Einer von euch wird hier zuerst abreisen, begleitet von vier meiner Männer, die nicht zögern werden, den Revolver zu benutzen, wenn die geringste Andeutung von Verrat vorliegt, und der andere wird auf die gleiche Weise gehen.

„Nachdem sie dich in deinen Verstecken gelassen haben, werde ich mir die Hände waschen, was passieren könnte, obwohl du, wenn du ein wenig gesunden Menschenverstand hast, hier mit einer Verpflichtung gehen wirst, die euch beiden zugute kommt. Ich denke, anstatt misstrauisch zu sein, sollten Sie über eine Anordnungsformel nachdenken. Es ist praktischer als das alles.

Fritt verstummte und widmete sich der Aufgabe, den Tisch geordnet zu beenden.

Kurz darauf öffnete die schwarze Magd, die ihn bediente, die Tür und verkündete:

„Ma'am, Mr. Foot ist da draußen.

„Sag ihm, er soll passieren.

Fritt stand auf, den Arm steif, falls Gefahr drohte. Agnes trat, als hätte sie ihn nicht gesehen, vor ihn und sah zur Tür.

Fuß schien angespannt und sah sich um. Als er seinen Rivalen entdeckte, stand er wartend an der Tür und Agnes sagte lächelnd:

Treten Sie ein, Foot, und haben Sie keine Angst. Wir sind unter Freunden.

Er kam nach vorne. "The Californian Beauty", die ihre wohlgeformten Arme jedem der beiden Bewaffneten entgegenstreckte, befahl:

„Ihre Revolver. Da es nicht höflich ist, mit Waffen zu speisen, geben Sie sie mir bitte. Wir werden mit mehr Ruhe speisen und keine Angst haben, dass einer von ihnen abgeht. Wenn du gehst, werde ich sie dir zurückgeben.

Foot gehorchte als erster und übergab den Revolver. Fritt folgte ihm.

Sie schloss sie mit einem Schlüssel in einer Schublade ab und fügte, auf ihren Platz am Tisch zeigend, hinzu:

„Und nun zum Abendessen ohne weitere Sorgen. Nach dem Abendessen werden wir darüber sprechen, was bequem oder nicht bequem ist, aber zumindest macht mein Abendessen nicht bitter.

Beide nahmen ihre Plätze ein und die Schwarze begann den Tisch zu bedienen. Agnes äußerte sich bis zum Schluss ganz allein über die Situation, die Unfruchtbarkeit dieses Kampfes zwischen den beiden Kolossen, die sich gut behütet nicht besiegen konnten, und schließlich, wie nützlich es für beide wäre, einen Punkt zu finden der Zustimmung, den Kampf einzustellen und seine Hegemonie mit mehr Ruhe und besserem Einkommen genießen zu können.

"Wie Sie verstehen werden", fügte er hinzu, "ist mir Ihre Rivalität egal, weil ich damit weder gewinne noch verliere. Ich stehe am Rande Ihrer Kämpfe, weil ich aus Tapferkeit oder was auch immer in der Mitte bin." der Straße von San Francisco wie eine Insel, die von allen Seiten von Wasser umgeben ist. Hätte ich mich gesehen in der Dünung jener stürmischen See, in der du aufgeregt bist, hättest du auf mich zählen sollen, denn obwohl ich eine Frau bin, habe ich genug Mut, mich von niemandem überwältigen zu lassen.

„Genau aus diesem Grund und weil ich Sie beide schätze, bitte ich Sie, vernünftig und praktisch zu sein. Ein Vogel in der Hand ist besser als hundert fliegende, und wenn Sie die Realität noch nicht verwirklichen wollten, werde ich es Ihnen sagen. Die Leute in den Spielhöllen haben es satt, von einem und dem anderen belagert zu werden.

Sie sind zwar ungern bereit, Ihnen als kleineres Übel sinnvoll zu helfen, aber wenn Sie zweimal versuchen, sie zu vernichten, wird der Tag kommen, an dem Sie sie vor sich haben und es für alle zu hässlich wird. Deshalb bitte ich Sie, Stolz beiseite zu legen und praktisch zu sein. Ich glaube, dass es nicht schwer sein wird, zu einer Einigung zu kommen, ohne sich gegenseitig zu erniedrigen.

Keine hat geantwortet. Die beiden dachten über ihre Empfehlungen nach und suchten nach einer Formel, die ihnen zugute kam, ohne auf demütigende Weise aufzugeben.

Als nach dem Dessert Kaffee und Rum serviert wurden, befahl Agnes, das Geschirr anzuheben, und nachdem sie ihnen Zigarren angeboten hatte, zündete sie sich eine Zigarette an und sagte:

„Na, was hast du zu antworten?

Die beiden funkelten sich an. Fritt antwortete als erster:

„Ich weiß es nicht, Agnes; es fällt mir schwer.

„Was ist mit dir, Fuß?

„Ich weiß es nicht. Ich kann nur zugeben, und das ist schon eingeräumt, dass wir die Einnahmen gleichmäßig aufteilen.

Fritt mischte sich ein:

„Es ist nicht so einfach, wie es sich anhört, Foot, auch wenn ich es akzeptiert habe. Wie hoch sind die Einnahmen und wer kassiert sie?

"Wir würden Lose ziehen", antwortete Foot.

„Es passt nicht zu mir ... oder dir. Bei der Loyalität in der Besetzung und in der Kollektion würden wir uns gegenseitig misstrauen. Es gibt immer Möglichkeiten zu betrügen.

„Ja. Ein bisschen gefährlich, aber du könntest es beweisen.

„Ich weiß nicht ... ich bin nicht überzeugt ... er ist arm.

Agnes, die sie spöttisch ansah, mischte sich ein:

„Nun, ich sehe, du bist nur gut zum Revolverziehen und Schießen, aber ansonsten hast du sehr wenig Wert unter deinen Haaren. Ich werde Ihnen die Lösung geben und ich denke, es gibt nichts besseres. Wenn Sie es nicht akzeptieren, werden Sie sich als zwei Kürbisse erweisen.

»Zufällig ist mein Laden mitten in der Stadt und mitten in dieser Straße. Es ist wie ein Schwert, das sie entzweischneidet. Nun, die Lösung ist, dass einer von Ihnen der Eigentümer der halben Stadt und der andere Eigentümer der anderen Hälfte ist. Von hier unten für den einen und von hier oben für den anderen. Was Sie von Ihren Lehen bekommen, liegt an Ihrer Organisation, ohne dass der andere eingreifen muss, und so werden sich die Eigentümer der Räumlichkeiten beruhigter fühlen, da sie wissen, dass sie nur die Anpassungen müssen auszahlen.

»Damit es keinen Streit gibt, werden Sie sich umdrehen, um zu sehen, wer dem einen oder anderen Sektor entspricht, und wenn Sie sich verabredet haben, versprechen Sie feierlich, sich nicht einzumischen, wo es Ihnen nicht entspricht. Kämpfe werden vermieden, Sie können ruhig zwischen den beiden wechseln und die Vorteile sind netto und ohne Komplikationen.

»Wenn Ihnen die Lösung nicht gefällt, weil Sie keine bessere Lösung haben, können Sie aufstehen und sich zum Gehen bereit machen. Ich habe schon genug für eure Sache getan und werde jeden von euch in euren Häusern lassen. Wenn du es nach einiger Zeit komplett rückgängig gemacht hast, wird es mir sehr egal sein, weil du es so gewollt hast.

Die beiden starrten sich an. Eigentlich war es eine gute Formel, bei der das Selbstwertgefühl eines jeden nicht gesenkt wurde.

Fuß antwortete:

„Fritt hat das Wort.

„Wenn du akzeptierst, bin ich bereit, es zu akzeptieren.

„Dann rede nicht mehr, Fritt. Ich denke, es war die praktikabelste Lösung. Sie repräsentieren eine Kraft und ich eine andere, da wir die Macht hatten, die Konkurrenz zur Hälfte auszuschalten, ist es fair, dass wir die Hälfte davon genießen.

Fritt füllte ihre Gläser und bot Agnes und Foot eine an. Er hob seine und bot an:

„Durch den Einfallsreichtum von Agnes, der wunderbarsten und gerissensten Frau, die ich je getroffen habe.

„Für sie und für ihre Nachkommen.

"Für Ihre Versöhnung", sagte Agnes.

Sie setzten ihre Gläser zusammen und die Kristalle vibrierten, als sie kollidierten. Nachdem der Inhalt fertig war, gab Foot an:

„Du wirfst die Münze, Agnes. Lass Fritt wählen.

Sie nahm eine Goldmünze aus ihrer Handtasche und hielt sie ins Lampenlicht. Dann sagte er:

„Wenn es in der Luft ist, fragen Sie. Wenden Sie sich dem südlichen Teil zu und überqueren Sie den nördlichen Teil.

„Cara", sagte Fritt.

Die Münze fiel Schwänze. Sie bemerkte:

„Der Norden für Foot und der Süden für dich. Bist du zufrieden?

"Einverstanden, nicht mehr reden.

„Also Hände schütteln und gute Freunde sein. Es gibt viel zu erschließen und viele Vorteile für beide. Es wird viel über das Arrangement gesprochen, aber die Leute werden es vorbehaltlos akzeptieren und Ihre Männer werden sich nicht wie jetzt an jeder Ecke gegenseitig umbringen müssen.

Die beiden Männer streckten ihre groben Hände aus und schüttelten sie fest. Es schien, dass der Pakt aufrichtig war und beide mit dieser Lösung zufrieden waren, was ihnen eine große Atempause verschaffte.

„Jetzt", fügte Agnes hinzu, „lass es deine Männer wissen. Wo hast du sie gelassen?

Fuß erklärte:

„Ich habe nur Fred Prestley mitgebracht, meinen zweiten. Er wird an der Bar sein.

„Ich habe auch meinen zweiten, Frank Wymen, mitgebracht, und er wird die Straße entlang gehen.

„Also, lass uns zusammen in die Bar gehen. Ich bringe Frank mit, damit er sich Ihnen anschließt und die Neuigkeiten holt.

Er nahm sie am Arm und ging auf die Galerie, die ins Wohnzimmer hinabstieg. Es war etwas, das die lebhafteste Neugierde weckte, "die kalifornische Schönheit" mit ihnen am Arm zu sehen und vor allem die beiden bewaffneten Männer zusammen lächelnd zu sehen.

Fred wollte nicht glauben, was er da sah und rieb sich die Augen. Foot trat vor ihn und sagte:

„Fred, gib Fritt die Hand, wir haben Frieden in einem vorteilhaften Abkommen unterzeichnet. Von diesem Moment an ist die Stadt in zwei Sektoren unterteilt; von hier hoch unser ganz, und von hier runter, von Fritt. Du wirst die Jungs wissen lassen und sie von mir warnen, dass wer die Vereinbarung nicht einhält und übertreibt, sich mit mir auseinandersetzen muss.

Fred nahm die Einladung widerstrebend an und schüttelte Fritts Hand. In diesem Moment tauchte der zweite von diesem in der Bar auf und zeigte die gleiche Seltsamkeit.

Fritt erklärte das Arrangement, und Frank schien es enthusiastischer zu begrüßen. Er war es leid, jeden Tag sein Leben aufs Spiel zu setzen, ohne einen Moment der Ruhe, der es ihm ermöglichte, seine Gewinne mit relativer Leichtigkeit zu genießen.

In dieser Nacht wechselten sich die vier in den Räumlichkeiten ab, um den Pakt zu feiern, und im Morgengrauen gingen sie, um ihre Bereitschaft zur Durchführung zu bestätigen.

An der Tür trennten sie sich, wobei jeder eine andere Richtung einschlug. Als sie außer Sicht waren, fragte Fred, der seine geistigen Vorbehalte hatte:

„Glaubst du wirklich, dass die Kröte das respektiert?

„Ja, das tue ich, Fred. Er hat, wie ich, diesen Kampf ohne Gewinn satt. Es wird eine Zeit kommen, in der wir keine Männer finden werden, die sich unserer Seite anschließen wollen, egal wie gut wir sie bezahlen. Sie kennen das Unbehagen, aufzustehen, ohne zu wissen, ob man sich hinlegen kann, immer mit dem Revolver in der Hand zum Töten springt und ohne zu ahnen, wohin der Tod kommen wird.

Jetzt wird sich wenigstens jeder von uns der Plünderung seines Teils widmen, und darin werden wir die Meister sein. Indem man nicht in das Gegenteil wechselt und sich nicht auf das einlässt, was der Rivale tut, werden Abstürze vermieden. Wenn Sie für etwas kämpfen, wird es unter Ihnen sein, und so können wir die Einziehung unserer Vorteile härter organisieren.

„Das ist in Ordnung, solange nicht jemand die Beherrschung verliert und aus der Position gerät. Ich denke, das Schlimmste ist ihm passiert, denn im Süden gibt es bessere Orte, die eine höhere Gebühr bezahlen können. Er hätte den Süden wählen sollen.

„Wir haben es verlost, was logisch war.

"Nun, wessen Aufgabe ist es, den Saft aus der "kalifornischen Schönheit" zu holen?

„Für niemanden. Das ist neutraler Boden.

"Warum dieses Zugeständnis? Agnes verdient viel und musste zahlen. Das ist etwas, das wir verlieren.

„Du verlierst nichts. Irgendwo musste die Teilung beginnen. Wenn Fritt an der Reihe gewesen wäre, wäre es für ihn. Auch dank ihr ist es soweit gekommen. Lass Agnes in Ruhe.

Fred sagte nichts, kaute aber an seinem dünnen Schnurrbart. Er hasste Agnes, weil er ihr gewisse Zugeständnisse gemacht hatte, die nicht einmal sein eigener Chef bekommen konnte. Diese Verachtung einer Frau für einen mutigen und wohlgeformten Mann befriedigte ihn nicht. Sie hatte ungehinderte Gefälligkeiten von anderen erhalten, die viel jünger waren als sie, und sie akzeptierte kein Scheitern.

Aber da er wusste, dass Foot für Agnes eine seltsame und sentimentale Schwäche empfand, die sie unter seinen Schutz stellte, wagte er es nicht, seinen Protest zu verstärken.

Wie auch immer, es wäre etwas, das er nicht tot zurücklassen würde. Als guter Texaner war er stur und hegte seine Pläne für die Zukunft, Projekte, die vielleicht dieser Pakt verzögert hatte, da er immer hoffte, dass er, wenn Foot im Kampf fiel, zu seinem Nachfolger ernannt werden könnte, weil er der Härteste war. grausam und gewagt der Bande.

In gewisser Weise war er froh, dass das unveränderliche Lehen der "Californian Beauty" niemandem gehört hatte. Es war ein neutraler Ort, den man bedenkenlos besuchen konnte, und da er von Agnes nichts bekommen hatte, war auch für ihn etwas Interessantes dabei; Es war Betty, "La Rubia", die Hauptattraktion des Ortes; ein Mädchen von etwa zwanzig Jahren, anmutig, hübsch und attraktiv, das aus der Besetzung herausragte.

Er mochte sie außerordentlich, und obwohl er ihrem Werben nicht viel Aufmerksamkeit zu schenken schien, beabsichtigte er, sie zu belagern, bis er ihren Widerstand überwunden hatte. Zwei Ausfälle hintereinander an der gleichen Stelle, das war nichts, wozu er nicht bereit war.

Jetzt, frei von Feinden und Sorgen, würde er sich dafür einsetzen, die Belagerung energischer zu verschärfen, und wenn "die Blonde" sich ihm widersetzte, würde er ihr zeigen, wie er mit primitiven und feindseligen Frauen umzugehen wusste.

KAPITEL III

EIN DRITTEL IN DISCORD

Das ideale Ziel für alle Abenteurer im amerikanischen Westen, aber nicht für die sanften und schüchternen Abenteurer, die davon träumen, ihr Glück auf sanfte und maßvolle Weise zu machen, war San Francisco. Sie hatten an der wilden Küste nichts zu tun, wenn sie sich nicht vom Pfad der Wagemutigen zurückzogen, und in diesem Sinne konnten sie aus den armen Krümeln, die ihnen als verachtenswert blieben, wenig herausholen.

Der Mann, der sich in die Stadt der Hügel wagte, wusste, so wenig er über das dort herrschende Klima wusste, dass er sich viel aussetzte, wenn er von seinem Angriff profitieren wollte, und somit diejenigen, die die staubige Straße betraten jeden Tag. von San Francisco wussten nicht, dass ihr Leben nur das wert war, was der Zufall dafür schätzen würde, denn an jeder Ecke, in jeder Spielhöllentür, an jedem Poker- oder Roulette-Tisch bestieg der Tod die Wache, die begierig darauf war, seinen Anteil am Spiel zu bekommen Zarabanda der Selbstsucht und überbordenden Leidenschaften.

Niemand fürchtete das Gesetz, wo das Gesetz ein Mythos war. Jeder trug seines an der Taille und alles hing davon ab, wie er es anzubringen wusste und wie schnell er siegreich war.

Männer wie Foot und Fritt waren in der Stadt fast üblich, ebenso wie viele andere, deren Namen zu viel Platz brauchten, um sie aufzuzählen. Während der Zeit, in der das Goldimperium in der Perle des Pazifiks bestand, wurden sie ungewöhnlich häufig erneuert, weil der Tod dafür verantwortlich war, die Räumung ihrer Reihen zu beschleunigen, um Platz für diejenigen zu machen, die einströmten und froh waren, sie decken zu können ihre Reihen.

Vielleicht war die einzige anständige Notiz, die gefunden werden konnte, dass es in diesem Mob mit wenigen Ausnahmen zu Raubüberfällen, Kämpfen und Todesfällen kam. Es war ein Schlangennest, das sich gegenseitig verschlang, und sie taten es nicht aus Freundlichkeit, sondern weil es wegen ihrer Eitelkeit als Schläger und grobe Männer kein Heiligenschein war, einen Elenden ohne Mut oder Mut zu töten, sich ihnen zu stellen. "Ihren Mann zu töten", wie sie im tragischen Jargon der Stadt sagten, bedeutete, einen anderen zu unterdrücken, der so tapfer, schnell und mutig wie sie war. Dies war in der Tat ein Poster, das als Trophäe ausgestellt werden sollte, um denjenigen Respekt zu erweisen, die als Schläger angeben und ihr Gesicht zeigen konnten.

Nach einem Monat des stillschweigend zwischen Foot und Fritt vereinbarten Paktes schien in San Francisco eine Zeit relativer Ruhe zu herrschen. Das bedeutete nicht, dass es keine Schlägereien gab und die Fohlen nachts nicht unheimlich bellten, aber es lief alles auf vereinzelte Streitereien, zufällige Begegnungen oder Streitigkeiten hinaus, die durch übermäßigen Alkohol oder Zinsen von den Spieltischen verursacht wurden.

Die Mitglieder der beiden Banden hatten sich unter Achtung der höheren Ordnungen darauf beschränkt, ihre Aktivitäten in den jeweils zugewiesenen Bereichen zu entwickeln. Es wurde versucht, den Einheimischen das Durcheinander von Steuern zuzumuten, um die Rebellionen zu vermeiden, und alles schien genauso reibungslos zu verlaufen.

Fred, Foots Stellvertreter, hatte den Waffenstillstand genutzt, um Agnes' Laden regelmäßiger zu besuchen. Freier von der Arbeit und ohne extreme Vorkehrungen zu treffen, um sein Leben zu verteidigen, gab er sich einem Leben des Spaßes und der Leichtigkeit hin, das ihm bis zu diesem Zeitpunkt verboten war.

Und sein entschlossenstes Bestreben war es, Betty, der Blondine, die mürrische und betonte Verachtung zu vermitteln. Seine Eitelkeit als launischer Mann, verdorben von fast allen Elenden, die ihr armes Leben in den Spielhöllen verzehrten, war mit dieser verächtlichen Behandlung nicht einverstanden, und mit einer Klebrigkeit, die das Mädchen kräuseln ließ, belagerte er ihn in allen Schattierungen, sogar bis Androhungen von Gewalt unterstellen, wenn er ihren Forderungen nicht zustimmt.

Er war so stur, dass die junge Frau zu Agnes ging. Er kannte das Übergewicht, das dieser bei den beiden Hähnen der Stadt erworben hatte und hoffte, dass ein Druck von ihr zu Fuß seinen Sekundanten zwingen würde, aufzuhören und zurückhaltender zu sein.

Agnes hörte ihr freundlich zu und antwortete:

„Wenn du Fred nicht magst, sollte ich dir keinen Rat geben. Ich war sehr frei in der Wahl meiner Lieben im Leben und ich habe auch nicht Drohungen nachgegeben. Wenn Sie nicht davon überzeugt sein wollen, dass Sie Ihre Zeit verschwenden, werde ich dafür sorgen, dass Sie verstehen.

Bis Agnes eines Nachts gezwungen war, für das Mädchen einzugreifen. Sie war eine wertvolle Bereicherung für ihren Joint, und sie war verlegen und nervös, wenn Fred im Wohnzimmer war und sie arbeiten musste.

Und da dies seinen Interessen schadete, weil das Mädchen der Kundschaft nicht mit der notwendigen Freude und Dynamik diente, er die Geduld verlor und den Schützen anredete, stellte er sich vor ihn und sagte:

Hör zu, Fred; Da Sie der Handlanger meines Freundes Foot sind, haben Sie nicht das Recht, sich in die Angelegenheiten meines Hauses einzumischen. Ich habe dir Zeit gegeben, dich davon zu überzeugen, dass Betty nichts mit dir will und es an der Zeit ist, dass es dir in den Sinn kommt. Du machst sie nervös, du machst mich und du schadest uns beiden in unserem Interesse. Überzeugen Sie sich, dass Sie dort nichts zu tun haben und fahren Sie sofort in die Hölle, aber übertreiben Sie mich nicht.

Fred konnte nicht zugeben, dass eine Frau ihn mit so erniedrigender Härte behandelte, und er regte sich vor Wut und antwortete:

„Gib dir nicht zu viel Bedeutung, Agnes. Du hältst dich für die Königin von San Francisco, weil Foot zu dumm ist, sich von dir beherrschen zu lassen, und wenn du denkst, ich sei wie er, irrst du dich. Beiße dir auf die Zunge und drohe mir nicht, denn sie werden dich belasten.

Sie sah ihn unbeirrt geradeaus an und antwortete:

„Du bist der Idiot und du merkst es nicht. Weder mit der Freundschaft deines Chefs noch ohne sie stimme ich jedem zu, der versucht, mich in meinem Haus aufzudrängen, und schau mich nicht so an, denn du hast ein Dutzend Revolver, die auf dich und auf ein Zeichen von mir gerichtet sind sie werden dich genau dort erschießen. Betty will nichts mehr, als dich aus den Augen zu verlieren, und wenn du mein Haus weiterhin besuchen willst, tust du gut daran, sie in Ruhe zu lassen. Zwing mich nicht mehr, Foot zu bitten, dir zu verbieten, hierher zu kommen. Ich möchte Ihnen diese Demütigung nicht machen, aber wenn Sie mich zwingen, werde ich nicht zögern, denn ich bin mehr als eine vulgäre Frau, auch wenn Sie etwas anderes glauben. Wenn Männer wie Foot und Fritt mir Bedeutung beigemessen haben, haben Sie zu wenig, um es mir zu nehmen.

Fred war lila bei dem verächtlichen Tadel, der laut vor den Augen der Kundschaft ausgeworfen wurde. Er hatte das wilde Verlangen, seinen Revolver zu ziehen und die scharfe Zunge, die ihn wie ein Messer verletzte, zum Schweigen zu bringen, aber er verschmähte die Warnung nicht. Acht zähe, angespannte Männer bildeten in sicherer Entfernung einen bedrohlichen Halbkreis, und er wusste, egal wie schnell er mit dem Fohlen umging, er würde sich nur umbringen, selbst wenn er die scheußliche Frau mitnahm.

Sie biss sich vor Wut auf die Lippen und brüllte:

„Ich bin sehr frei, wen ich will, da es nichts von dir ist.

„Es wird außerhalb meiner Einrichtung sein, aber drinnen, nein. Sie ärgern mich und Sie schaden mir und ich habe ein Geschäft, es auszunutzen und Ihnen keinen Spaß zu bereiten. Informieren Sie sich darüber und zwingen Sie mich nicht, gegen Sie vorzugehen.

Verärgert antwortete der Schütze:

„Ich warne Sie, dass Foot nicht das Schreckgespenst ist, zumindest für mich, er dient mir und ich diene ihm und er kann sich nur auf die Dinge unseres Geschäfts einlassen. Außerhalb von ihnen bin ich frei zu tun, was ich will und was ich will. Wenn es dir so gut vorkommt, erfreut, und wenn nicht ... wird es so sein, wie ich es will.

„Blüh nicht so sehr, Fred. Ihr Chef lässt Sie nicht Ihre Launen machen, weil Sie es wollen. Sei kein Narr.

„Weder er noch sonst jemand wird mich daran hindern, wenn es meine Laune ist. Wo ein Mann einen anderen hinstellen kann, und wenn ich bis jetzt an seiner Seite war, wird es kein Feigling gewesen sein.

„Das macht mir wenig aus, Fred; aber ziehe nicht zu viel am Seil. Sie sind es gewohnt, viele Dinge zu tun, und Sie denken, dass alles einfach ist. Ich bin eine sehr schwer zu knackende Nuss.

„Du bist eitel. Abenteurer wie Sie sind in Scharen hierher gekommen und haben so lange durchgehalten, wie wir wollten.

„Bis ich ankam und einige idiotische Männer wie Sie, haben sie weniger durchgehalten. Wenn Sie mit einem anderen Plan hierher kommen, freue ich mich, Sie zu empfangen und sogar Ihre Unhöflichkeit zu vergessen. Ich kann Sie nicht bitten, sich wie ein Senator zu benehmen, denn es gibt gewisse Dinge, die nur durch eine doppelte Geburt erreicht werden können, aber ich fordere Sie auf, alles um mich herum in Ruhe zu lassen. Bitte gehen Sie ... zumindest für heute Abend. Vielleicht beruhigt dich die frische Luft ein wenig und lässt dich die Dinge aus einem anderen Blickwinkel sehen.

Und wenn ich nicht gehen wollte, was würde passieren?

„Fragen Sie mich nicht, Fred. Es wäre Ihnen peinlich, wenn ich es Ihnen sagen würde, und ich glaube, Sie kennen mich mit gesundem Menschenverstand. Ich bitte Sie zu gehen, und das reicht.

Er verstand, was sie meinte. Diese acht Kerle, die ihn nicht aus den Augen verloren, würden ihn auf die eine oder andere Weise rausdrängen. Es war besser, es aus freiem Willen zu tun und nicht zu etwas zu führen, das keine einfache Lösung hätte.

Und er stand wütend vom Tisch auf, warf eine Handvoll Dollar auf die Tafel und verließ das Lokal.

Mehrere Tage lang war er nicht in der Spielhölle. Agnes erkannte dies und kam zu dem Schluss, dass die Drohung stark genug war, um dem Schützen Respekt zu verschaffen. Die Stärke seines Chefs war ohne Verrat nicht zu leugnen und er hatte viele Leute, die ihn verteidigen würden, wenn es durch eine seiner Komponenten explodierte, selbst wenn es Fred war.

Daher machte er sich nicht die Mühe, Foot mit seinem Sekundanten den Vorfall zu melden. Er befürchtete, es würde zu einem erbitterten Streit zwischen ihnen führen und er wollte es mit Bedacht vermeiden.

Aber eine Woche später spürte Fred, der in anderen Bars in Verbindung mit seinen Begleitern mehr als nötig getrunken hatte, die Anziehungskraft, die Betty weiterhin auf ihn ausübte, und vergaß seinen Streit mit Agnes und verachtete damals, was passieren könnte, beschloss er Rückkehr in die Spielhölle von «La Bella Californiana».

Aber diesmal war seine Anwesenheit gefährlicher. Alkohol ermutigte ihn übermäßig und Fred war ein Mann, dem im betrunkenen Zustand jede Kontrolle fehlte.

Und so erschien er mit brennenden Augen und dem Kampfwillen im Blut im Zimmer, als es lebhafter war und der Besitzer weniger mit einem Zwischenfall rechnete, der den Frieden stören würde, der seit einigen Tagen in seinem Haus herrschte.

* * *

Der Zufall hat Macken, die manchmal komisch und manchmal dramatisch sind. Diesmal hatte er, passend zur Atmosphäre der Stadt, eine ziemlich harte Laune und diese hatte einen Namen: Stuart Sterling.

Stuart war der hundertprozentige Abenteurertyp, für den die Welt ein so unbedeutender Raum war, dass ihm ihre Dimensionen zu eng waren.

In seinen achtundzwanzig Jahren des ausgelassenen und hektischen Lebens war er Tausende von Meilen durch pulsierende Umgebungen gereist, hatte Bräuche studiert, Zeichenunterricht genommen und sich langweilen lassen, ohne es vermeiden zu können, weil die Emotionen, die er in all dem langen Exodus erlitt, das Maß nicht erfüllen konnten seiner Wünsche und suchte weiterhin nach dem Klima, das bis zum Unmöglichen erhitzt wurde und ihn sofort zufrieden stellen würde, um sich nach der Parodie des Satzes "Ich kam, sah und siegte" in ein friedliches Leben zurückzuziehen.

Er war auf dem Mississippi mit Lastkähnen geflogen, hatte wild in Hafenkaffeehäusern und Tavernen gekämpft, Bisons entlang des Ohio gejagt, Postkutschen auf den Ostrouten gefahren, mit den Indianern auf der zentralen Ebene gekämpft, Karawanen auf der Santa Fe-Route gefahren, als guter Mann amtiert (und gut zu sagen bedeutet stark, Ruhe zu erzwingen) in den schlimmsten Spielhöllen von San Antonio und Austin extrahierte er Salz aus den Humboldt-Minen und Gold aus denen von Virginia City, und als er das raue San Francisco und das günstige Klima erreichte um damit Geld zu verdienen, stopfte er den Goldstaub, der sein ganzes Vermögen war, in einen Segeltuchsack, überprüfte seinen doppelten Revolversatz mit einigen phantasievollen Kerben in den geschwärzten Kolben und nahm den Lauf der wilden Küste, um darin bemerkt zu werden , denn seine größte Eitelkeit bestand darin, nirgendwo unbemerkt zu bleiben.

Im Herzen war Stuart ein naiver, vom Leben verhärteter Mann mit einem Geist, der eine Mischung aus Gut und Böse hatte, die, je nachdem, wie der Niederschlag aufgewirbelt wurde, auf die eine oder andere Weise explodierte.

Neben knallharten Aktionen hatte er bizarre Romantikanfälle. Einmal hatte er erbittert mit zehn Indianern gekämpft, die ihn umzingelten. Mit Mut, Treffsicherheit und Geschick schaffte er es, sechs abzuschießen und dann die verbleibenden vier anzugreifen, wobei er ihre Haare verwundete und sie noch atmete, eine Aktion, die ihn auf das gleiche Niveau wie die Rothäute brachte. Unter den Verwundeten befand sich jedoch ein etwa vierzehnjähriger Junge, der, obwohl er erbittert mit ihm gekämpft hatte, beschuldigte, noch ein Kind zu sein.

Unbekümmert heilte er ihn, so gut er konnte, trug ihn auf dem Rücken und setzte sich den Pfeilen seines Stammes aus, brachte ihn zum Stamm und ließ ihn in der Nähe der "Tipis" zurück, um zu seinem Ausgangspunkt zurückzukehren. Hunderte dieser Eigenschaften konnten gezählt werden, und aus diesem Grund war es sehr schwierig, ihn in eine allgemeine Kategorie zwischen Gut und Böse einzuordnen.

Als er eines sonnigen und fröhlichen Morgens in San Francisco ankam, dachte er ekstatisch über die Goldverschwendung nach, die der Sternenkönig über die herrliche Bucht goss, und sagte sich bei der Aussicht, dass es sich lohnte, dort zu leben, auch wenn es nur kurz war Bühne.

Er war von der Betrachtung des Meeres so versunken, dass er angespannt am Wellenbrecher stand, das pralle Gepäck an Land neben sich und seine leuchtenden Pupillen auf dieses wundervolle Gemälde gerichtet.

Dies hinderte ihn daran, rechtzeitig etwas für ihn Grundlegendes zu erkennen. Einer der vielen unerwünschten Misserfolge, die die Stadt überschwemmten, entdeckten ihn, und ihn allein, gut gekleidet und mit diesem vielversprechenden Gepäck zu sehen, zögerte nicht, ihm einen ziemlich unangenehmen Empfang zu bereiten. Er näherte sich ihm vorsichtig von hinten und legte den Lauf seines Revolvers an seine Taille, befahl er:

„Schauen Sie in aller Ruhe weiter auf das Meer und bewegen Sie sich nicht. Ich werde Ihr Gewicht leichter machen, damit Sie später entspannter gehen können.

Stuart machte sich nicht die Mühe, den Kopf zu drehen. Mit vollkommener Ruhe antwortete er:

„Nun, Freund, das heißt früh aufstehen, um mich willkommen zu heißen. Was interessiert dich an mir?

„Alles, was es wert ist.

„Oh! Das Beste an meiner Person bin ich. Bist du interessiert?

"Absolut. Nichts als das Geld, das Gepäck und der Revolver.

„Es ist falsch, meinen Wert zu verachten, Freund. Wenn sie mir alles anklagen würden, was sie von mir verlangen, wäre es viel mehr wert, als sie zu nehmen beabsichtigen. Mein Geld findest du in meiner Brieftasche, hier um meine Taille habe ich einen Sack mit ein paar Pfund Goldstaub gebunden, mein Hengstfohlen ist hier. Nehmen Sie es so, wie Sie es für am bequemsten und sichersten halten.

Der Unerwünschte versuchte, ihm den Revolver vom Rücken zu reißen und streckte die Hand aus, um die Waffe zu entfernen. In diesem Moment zerrte Stuart, der zu Boden fiel, an dem Arm und zerrte den Räuber weg. Er drehte sich um, fiel zur Seite und obwohl er feuerte, traf der Schuss kein Ziel.

Dort endete der Vorfall. Mit einem kräftigen Schlag gegen das Kinn schlug er ihn nieder, und dann nahm er ihn wie eine Feder, hob ihn in die Leere, ging mit ihm vor und warf ihn mühelos vom Wellenbrecher ins Meer.

Einen Moment lang verfolgte er neugierig die Kreise, die das Wasser an der Stelle des Wasserfalls bildete und sich ausweitete, bis es in der Brandung brach, und als er überzeugt war, dass es nicht mehr herauskommen würde, murmelte er:

„Armer Teufel, er ist definitiv nicht als Räuber geboren!

Und mit dieser Trauerrede nahm er seinen Sack wieder auf und ging ins Dorf.

Nachdem er eine Unterkunft gesucht hatte, die weder einfach noch billig war, beschloss er, sich zu orientieren und besuchte zwei Nächte lang einige Spielhöllen. Aus den Gesprächen, die er festhalten konnte, zog er die Schlussfolgerung: Das Höllenparadies hatte zwei Besitzer und diese Besitzer hießen Foot und Fritt, die aus Kühnheit majestätisch auf Kosten der Bemühungen anderer lebten.

Dieses System der Ausbeutung von Spielhöllenbesitzern, die einen Betrag verlangen, um ihre Einrichtungen zu garantieren, schien eine Entdeckung zu sein. Immerhin war es etwas ganz Gemeines, das man mit ein paar Männerherzen erreichen konnte, und nach Abwägen des weiten Feldes, das die Stadt bot, sagte man, es sei nicht nur Platz für zwei, sondern für drei. Alles bestand darin, die Grenzen zu korrigieren und das Operationsfeld besser aufzuteilen.

Das Geschäft, dachte er, sei nicht sehr ehrlich, aber es könne nicht als große Sünde bezeichnet werden, einen Teil seines Gewinns zu verlangen, der manchen Ausbeutern nicht ganz klar war. Wenn das Laster einigen Ausbeutern viel zum Leben brachte, bedeutete es nicht viel, Platz für einen weiteren zu schaffen. Ein bisschen weniger für andere und ein bisschen für sich selbst.

Er nahm an, dass sie es ihm nicht freiwillig geben würden und dass er mit einigen Widerständen kämpfen müsste, aber wenn man mutig, zäh und mutig war wie er, konnte man versuchen, am Spiel teilzunehmen. Wer nicht zufrieden war, der versuchte sich dagegen zu wehren, wenn er konnte.

Ich war neugierig, die beiden Leiter der operativen Bands zu treffen. Vielleicht konnte er sich mit ihnen gütlich einigen und sogar mit einem guten Prozentsatz in ihre Organisation eintreten. Er war für viele Dinge gut und sie gaben ihm nichts umsonst, aber wenn sie sich weigerten, würde er es so gut es ging alleine machen.

Als er sich erkundigte, wie er mit beiden in Kontakt treten könne, erfuhr er, dass seine Idee nicht so einfach war, wie er dachte. Beide lebten geheimnisumwoben und gut bewacht, aber sie pflegten die Kneipe von "La Bella Californiana" zu besuchen, und vielleicht hatte er dort die Gelegenheit, einen der beiden zu treffen.

Und er widmete sich dem Besuch des Establishments in der Hoffnung auf eine zufällige Begegnung mit jemandem; mehr war es ein paar Tage her, dass sie nicht auf dem Gelände erschienen und er war gezwungen, die Zeit verstreichen zu lassen, ohne dass das Glück ihn in seinen Wünschen begleitete. Stuart, ein fröhlicher, dynamischer Mann mit großer Lust am Leben, beschloss, das Beste aus dieser Zeit zu machen, und da er gutaussehend, attraktiv, witzig und witzig war, stellte er sich der Aufgabe, seine Abende mit den Mädchen aus der Besetzung von Agnes, sein Wille und seine Sympathien waren schnell gefangen, da er im Umgang nicht unhöflich war und ebenso galant wie unhöflich mit ihnen umzugehen wusste.

Aber unter all den Mädchen hatte Betty eine besondere Anziehungskraft auf ihn. Er fand sie eleganter, raffinierter, attraktiver und verführerischer, und er machte sie zum Objekt seiner Vorlieben, ohne sie dadurch in ihren Verpflichtungen innerhalb des Establishments zu stören.

Agnes übersah nicht die ungestüme Anwesenheit des Fremden und seinen Eifer gegenüber Betty, aber da er höflich und zurückhaltend war, hatte sie dieser Vorliebe nichts entgegenzusetzen. Er hielt sie für die Blume einiger Nächte, und solange er sein Gold verschwenderisch ausgab und seine Mädchen nicht demoralisierte, duldete er ihn nicht nur, sondern fand ihn auch sympathisch und sympathisch.

Das ließ sie Fred vergessen. Die Tatsache, dass er nicht ins Etablissement zurückgekehrt war, schien ein gutes Zeichen zu sein. Er musste den Schaden erkannt haben, der ihn dazu bringen konnte, auf seinen Behauptungen zu bestehen, und anscheinend hatte er das Mädchen aufgegeben, um seine trüben Augen auf jemand anderen aus einer anderen Spielhölle zu richten.

Bis sie Nächte später, als sie es am wenigsten erwartet hatte, ihn stirnrunzelnd kommen sah, seine Augen zu hell und eine grobe Trotzgeste, die ihr nicht gefiel.

Und er war auf der Hut. Wenn er, obwohl er schon fühlte, sich der Eifersucht anschloss, die die Ehrerbietung des Fremden für Betty in ihm entfachen konnte, würde etwas Ernstes passieren, das von nun an das Gesicht der Dinge verändern oder eine plötzliche und blutige Explosion verursachen würde.

KAPITEL IV

STUART BEGINNT DAS SPIEL

Fred betrat zögernd die Höhle, und nachdem er seinen trüben Blick umhergewandert hatte, lächelte er grausam und setzte sich an einen kleinen Tisch, der zufällig leer war. Mit heiserer Stimme bestellte er Whisky, und als er serviert wurde, umklammerte er mit nervösem Pulsieren das Glas und trank etwas von dem Inhalt, wobei er sich mit dem Handrücken über die trockenen Lippen wischte. Dann war er angespannt und untersuchte jeden im Raum.

Die Mädchen tanzten auf dem Tabladillo zum Takt lebhafter und ausgelassener Musik, die das Klavier etwas bitter spielte. Sie tanzten einen lauten Cancan, und fast alle Kunden waren in die Betrachtung des anzüglichen Schwankens der Mädchen vertieft.

Stuart, der an einem Tisch neben dem Tisch saß, lächelte fröhlich und dynamisch, zwinkerte Betty zu, die ihm von Zeit zu Zeit einen ausdrucksvollen Blick zuwarf oder ihm ein pikareskes Zwinkern zuwarf, das das Lächeln auf dem Gesicht des Abenteurers noch breiter machte. .

Fred, obwohl betrunken, hörte nicht auf, diese Anzeichen von Intelligenz zu erkennen und empfand eine aggressive Neugierde, um zu wissen, an wen sie gerichtet waren, aber um die Tische in der Nähe der Bühne drängten sich so viele Kunden, dass es für ihn nicht leicht war, sie zu finden favorisiert.

Aber der Instinkt sagte ihm, dass es jemanden gab, der mehr Glück hatte als er, der es geschafft hatte, das Mitgefühl des Mädchens zu erfassen, und seine Zähne knirschten wütend. Er war da, bereit, viel Aufhebens zu machen, und Bettys Gesten würden als Vorwand dienen, um Aufhebens zu machen.

Agnes, die sich mit zwei reichen Viehzüchtern an einem strategischen Ort abwechselte, von dem aus sie den ganzen Raum beobachtete, bemerkte Freds etwas aggressive Präsenz, und aus Angst, dass etwas Tragisches passieren könnte, versuchte sie, es zu vermeiden.

Als der Tanz zu Ende war und bevor die Mädchen den Raum verließen, stand er auf, ging zwischen den Tischen hindurch und näherte sich dem, an dem Stuart saß, und sagte mit leiser Stimme:

Hör zu, Fremder. Sie sind ein sehr netter Mann und ein guter Kunde, aber in diesem Moment sind Sie ein Pulverfass, bei dem die Sicherung brennt und ich möchte es löschen.

„Teufel!" rief Stuart überrascht aus." Was habe ich getan, um mich so zu qualifizieren?

„Noch nichts, aber er kann es. In diesem Moment ist jemand im Wohnzimmer, der die Ruhe, die hier herrscht, stören möchte. Sie werden ihn nicht kennen, aber wenn Sie von Konny Foot gehört haben, werden Sie erkennen, was dieser Name bedeutet.

„Konny Foot? Ich habe von ihm gehört und freue mich darauf, ihn kennenzulernen. Sag mir, wer es ist.

„Oh, es geht nicht um ihn! Wenn es Foot wäre, wäre ich ruhig, denn er ist ein guter Freund von mir. Es geht um Fred Prestley, seinen Stellvertreter, ein zu harter Kerl, der in Betty vernarrt ist, und da sie ihn verachtet hat, ist er wütend bis zur Aggression.

„Ich musste ernsthaft drohen, mich bei seinem Chef zu beschweren und habe ihn vor ein paar Tagen hier rausgeschmissen. Ich dachte, er hätte resigniert, aber ich sehe, dass er es nicht getan hat, denn er ist gerade erschienen und in nicht sehr gutem Zustand. Er muss zu viel getrunken haben, und ich vermute, er ist in der Stimmung, viel Aufhebens zu machen.

„Eine schöne Aussicht, die ich nicht missen möchte, Ma'am", erwiderte Stuart fröhlich. Es ist etwas, das meine Nerven schwächt, und Sie haben gut daran getan, mich zu warnen, denn so werde ich nicht das kleinste Detail übersehen.

„Ja, aber nein. Du fängst erst an, es zusammenzubauen, wenn du bemerkst, dass Betty dir und du ihr das Gesicht verzieht. Es ist besser, dass du das Mädchen heute Nacht in Ruhe lässt, um kein Aufhebens zu machen. Fred ist so wild, dass ich Ich würde mich in einen Kompromiss setzen, nicht nur wegen dem, was die Bestellung betrifft, sondern wegen seines Chefs und ich möchte es vermeiden.

„Warum gehst du nicht zu ihm, ziehst ihm die Jacke aus und verprügelst ihn, weil er widerspenstig ist? Ich halte sie für in der Lage, es zu tun, aber … nun, ich denke, es ist ein Ratschlag, den ich einer Frau nicht geben sollte Sag mir lieber, wer diese Puppe ist, ich möchte nicht überrascht werden.

„Schauen Sie sich die Tür an und der dritte Tisch links wird Ihnen sagen, wer es ist. Darin ist er allein.

„Danke. Ich werde ihn mir ansehen und im Auge behalten, aber jetzt beantworte eine Frage: Warum hast du diesen kostbaren Mädchenchor hier engagiert?

„Damit sie die Räumlichkeiten verschönern und als Ansporn für die Kunden dienen.

„Einfach. Und damit sie mit ihnen tanzen und sich abwechseln und Kraft ausgeben, nicht wahr?

„Ich kann nicht leugnen, dass sie dafür Gebühren erheben.

„Warum sollte er in diesem Fall zugeben, dass ein Typ von außerhalb des Hauses sich gegen seine Sitten aufdrängen will? Es überrascht mich, dass eine Frau seiner Qualität das vertragen kann.

"Ich toleriere es nicht, aber angesichts der Möglichkeit, dass etwas Ernstes passiert, gehe ich lieber Kompromisse ein.

„Was so viel bedeutet, als sich von jemandem erniedrigen zu lassen, der diese Laune verspürt. Nun, wenn Sie so denken, tue ich es nicht Sie sollten das gleiche tun, denn wenn er wollte, würde dieser Raum jede Nacht zu einem Missionarshaus werden, wo wir alle leise sein sollten, um ihn prahlen zu hören.

»Das Schlimmste, was man tun kann, ist, denen Flügel zu verleihen, die sie nicht zu nutzen wissen. Ich für meinen Teil werde ihr mit großem Mitleid sagen, dass ich mit Betty tanzen werde, wenn sie sich nicht freiwillig weigert, und wenn ich sehe, dass sie sich weigert, weil sie Angst vor diesem Kerl hat, werde ich sie darum bitten tanzen, ob sie es will oder nicht, denn ich würde ihn als Verachtung empfinden, mich ohne Grund vor allen so hässlich zu machen. Ich habe nichts mit dem Mädchen zu tun, und ich versuche auch nicht, mich ihr aufzudrängen, aber hier kommt sie, um eine Mission zu erfüllen, und ich bezahle für diese Mission, um sie zu genießen. Weder Fred, noch sein Boss, noch seine gesamte Crew würden mich daran hindern, alles zu tun, was ich wollte, ohne jemanden zu zwingen.

Agnes sah ihn zwischen Bewunderung und Ärger an und antwortete:

„Ist dir klar, was das bedeuten kann?

„Genau das gleiche, wie es für ihn sein kann.

„Und was bedeutet das für mich?

„Du wirst mir nicht sagen, dass du eine ängstliche Frau bist oder dass dieser Typ dich auffressen wird. Wenn Sie in San Francisco leben und ein Ort wie dieser ohne die Hilfe eines Mannes ausgebeutet wird, liegt das daran, dass Sie die Nerven und den Mut haben, alle auftretenden Rückschläge zu ertragen. Ich glaube nicht, dass Fred mehr ist als viele andere, die hierher gekommen sind, um zu kämpfen.

„An sich ist es das nicht, aber Ihr Chef …

„Zur Hölle mit Ihrem Chef! Wenn er, wie Sie behaupten, Ihr Freund ist, wird er es Ihnen beweisen. Auf der anderen Seite bin ich derjenige, der mein Gesicht zeigen wird und nicht du. Lass mich in Ruhe und geh weg. Wenn dieser Typ kommt, um ihm Dinge beizubringen, die er nicht kennt, kümmere ich mich darum, sein Lehrer zu sein, und du wirst nie für das verantwortlich sein, was zwischen ihm und mir passieren könnte.

Agnes sah ihn bewundernd an, als sie die Beständigkeit und Ruhe dieses kalten Fremden beobachtete. Nach kurzem Zögern antwortete er:

„Du scheinst sehr selbstsicher zu sein.

„So sicher wie eines Tages wird mir San Francisco gehören. Es ist etwas, das mir in den Sinn gekommen ist und ich werde es bekommen. Da dies nicht durch Beugen der Wirbelsäule vor den Menschen erreicht wird, sondern durch Beugen, bin ich auf alles vorbereitet.

„Sehr ehrgeizig, Fremder. Vergessen Sie, dass diejenigen, die heute hier die Meister sind, viel und gefährlich kämpfen mussten, um dies zu sein.

„Nun, wir werden kämpfen wie sie oder besser. Geh weg und lass mich, denn da sehe ich Betty und diese Angelegenheit gehört mir und niemand anderem.

Er stand ruhig auf und verließ den Tisch, um das Mädchen zu treffen.

Agnes war für einen Moment angespannt und wusste nicht, welche Entscheidung sie treffen sollte, aber Stuarts Mut und Selbstvertrauen hatten sie überzeugt. Er vermutete, dass Fred, wenn er etwas Gefährliches versuchte, kläglich scheitern würde und zuckte die Achseln. So wie der Schütze die Dinge vorbereitete, musste dies eines Tages kommen, und es war fast vorzuziehen, dass ein Fremder dies tat, um ihr die Verantwortung zu ersparen, ihre Männer zu zwingen, direkt in die Angelegenheit einzugreifen.

Er zog sich an seinen Tisch zurück, ohne Fred aus den Augen zu verlieren, während Stuart ruhig zu Betty ging.

Das Klavier spulte bereits seine Melodien ab und lud die Kunden zum Tanzen ein, und Stuart versuchte, die junge Frau in der Taille zu verbinden, aber Betty hatte bereits bemerkt, dass Fred die drohenden Blicke auffing, die er ihm zuwarf. Daher ignorierte er, dass seinem Partner die angespannte Situation auferlegt wurde, und plädierte:

„Möchtest du mich eine Weile ausruhen lassen? Ich bin müde von der Arbeit und würde es begrüßen, wenn …

"Moment mal", unterbrach Stuart "; keine Entschuldigung, denn ich bin auf der Straße von dem, was passiert. Ich denke, wenn du anfängst, einem Kerl zu zeigen, dass du Angst vor ihm hast, bist du verloren, und ich, für Mein Teil, ich bin nicht bereit, mich zum Narren zu machen. Wir werden tanzen und … keine Angst haben. Wenn die Nerven dieses Kerls reißen, wird mich zuerst etwas Schlimmeres erschießen. Komm schon, Mädchen.

Und bevor sie Zeit hatte, ihn abzulehnen, drückte er sie um die Taille und zog sie auf den Boden.

Betty hat sich resigniert. Eines Tages musste der Sprengstoff explodieren, und wenn sie es verzögerte, würde sie vielleicht keinen so gesunden und entschlossenen Mann haben, der sie angemessen beschützte.

Als Fred bemerkte, dass die junge Frau mit Stuart tanzte, spürte er eine seltsame Schwingung in seinem ganzen Wesen, und er warf dem Mädchen vernichtende Blicke zu, in denen er eine schreckliche Bedrohung für sie darstellte, wenn sie weitertanzte, aber der Abenteurer hielt sie fest um die Taille und um nichts in der Welt hätte er ihr erlaubt, ihn loszuwerden.

Um Freds Bewegungen besser kontrollieren zu können, zog er Betty auf diese Seite. Er wollte nicht, dass die anderen Paare seine Sicht verstellten, indem sie jede Bewegung des Schützen verheimlichten.

So näherte es sich ihm gefährlich; Betty war fast am Rande der Ohnmacht, als sie das tragische Ende dieser Szene erriet, in der die Nerven des hasserfüllten Galanten glühend heiß sein mussten.

Und tatsächlich waren sie es. Der verträumte Schütze, bleich wie Papier, biss die Zähne zusammen und verschränkte sie, als wollte er sie miteinander verschmelzen. Ohne zu wissen warum, verstand er, dass dieser unbekannte Kerl seinen Zorn überaus entfachte, als ob er die Wahrheit seiner Gefühle wüsste und seine Eitelkeit als gedemütigter Mann nicht zustimmen würde, eine solche Situation durchzumachen.

Plötzlich sprang er wie eine tollwütige Katze aus dem Sitz und pflanzte sich vor das Paar. Stuart, der ihn nicht aus den Augen verlor, ließ Betty abrupt los, versteckte sie mit seinem Körper und fragte mit eisiger Ruhe:

„Bist du so auf die Nerven, dass du diese grotesken kleinen Sprünge machst? Warum kümmert man sich nicht um sie? Du hast uns Angst gemacht, Freund.

Aber Fred, der versuchte, die junge Frau am Arm zu packen, was Stuart behinderte, drohte mit einer groben Drohung:

„Ich habe dir gesagt, dass du nichts außer mit mir tanzt, solange ich hier bin, und wenn ich dich in den Armen eines anderen Mannes wiedersehe, werde ich dich wie einen Hund töten.

Stuart sah ihn kalt an und fragte:

„Mit wessen Erlaubnis?

„Ohne Erlaubnis von irgendjemandem, weil ich normalerweise nicht darum bitte, sondern um es zu nehmen.

„Und hast du nicht ein bisschen mit mir gerechnet?

„Bei dir? Ja, ich denke schon.

Seine Hand schnellte zum Revolver und zerrte daran. Betty stieß einen erstaunlichen Schrei aus und legte entsetzt die Hände an die Augen, und als Antwort auf den Schrei gab es eine Detonation. Fred, der den Revolver umklammerte, aber keine Zeit hatte, den Abzug zu ergreifen, brüllte vor heftigem Schmerz und ließ die Waffe verzweifelt fallen, um seine Hände auf seinen Bauch zu legen.

Er drückte ihn mit wilder Wut, unfähig zu verhindern, dass das Blut durch seine krampfhaften Finger floss, und nachdem er mit seinem Körper einen tragischen Bogen gezogen hatte, fiel er mit dem Gesicht nach unten zu Boden und krümmte sich in Todesqualen.

Im Wohnzimmer trat eine beeindruckende Stille ein. Dann ertönte ein Überraschungsschrei, und seine Nächsten umringten den Gefallenen und musterten ihn eifrig, als ob es ihnen schwer fiel, sich davon zu überzeugen, dass es möglich gewesen war, diesen zähen und scheinbar unbesiegbaren Kerl zu erledigen, nachdem er ihm erlaubt hatte zu zeichnen .

Die Mädchen schrien hysterisch. Der Pianist, seinem Slogan treu, hämmerte auf das Klavier und versuchte, sich dem Tumult aufzuzwingen, und Agnes näherte sich etwas blass, aber gelassen an Stuart und kommentierte:

„Was ich befürchtet habe… nur umgekehrt.

"Das ist gut kommentiert", antwortete der Abenteurer lächelnd. Ich hoffe, dieser Vorfall endet hier.

„Ich fürchte, es beginnt hier, Fremder. Jetzt müssen wir wissen, was Foot vom Tod seines Sekundanten halten wird.

„Ich glaube nicht, dass es mich auffressen wird. Ich habe ihm erlaubt, die Waffe vor mir herauszuholen, und wenn er sich als schwerer Handheld erwies, ist es nicht meine Schuld.

„Okay, aber das sagt nichts. Ich fürchte, Foot sieht das nicht freundlich.

„Es wird daran liegen, dass sie nicht so schön sein werden wie ich. Wovor hat er Angst, dass er wütend wird, weil jemand so schnell ist wie er mit einer Waffe in der Hand? Ich glaube nicht, dass ich es versuche das Privileg der Schnelligkeit zu bekommen. Das müssen Sie zugeben, und wenn Sie nicht zufrieden sind, können wir die Angelegenheit auf die gleiche Weise besprechen. Ich bin ein Mann, der alle Möglichkeiten bietet, um Angelegenheiten zu lösen.

Agnes antwortete nicht. Er befürchtete, dass er tatsächlich ein zu harter und gefährlicher Mann war und dass Foot ihn als Gefahr für ihre zukünftige Sicherheit ansehen würde.

Fred starb fast plötzlich mit gekreuzten Eingeweiden und "die kalifornische Schönheit", die versuchte, seine Nerven zu kontrollieren, kommentierte:

„Sei was der Teufel will. Jim, führ den Mann da drin herum; dass sie dieses Blut reinigen und jeden an seinen Platz. Betty, geh in meine Räume und nimm dich zusammen. Du bist so bleich wie die Toten und kannst daher nicht handeln. John, geh und finde Foot, und wenn du ihn findest, sag ihm, dass ich bitte herkommen soll, denn ich muss dringend mit ihm sprechen. Was Sie angeht", fügte er hinzu und wandte sich an Stuart: „Ich denke, das Beste, was Sie tun können, ist, von hier zu verschwinden, und wenn Sie dies aus San Francisco tun, umso besser. Ich werde versuchen, diese Angelegenheit mit Foot zu regeln.

„Vielen Dank, Agnes; Du bist eine wundervolle Frau, weil du stark und ganz bist, eine dieser Frauen, die ich mag, weil es sehr wenige gibt, aber ich werde diese Angelegenheit auch mit Foot's Coconut besprechen. Ich wollte ihn wirklich treffen und eine bessere Zeit als diese, keine.

„Du wirst sagen, schlimmste Gelegenheit. Er wird ihr nicht verzeihen können, dass sie die besten seiner Männer getötet hat.

„Und das war das Beste? Wie werden die anderen sein! Mir geht es viel besser, wie ich gezeigt habe, und wenn Sie einen Ersatz brauchen, können wir uns verstehen. Ich denke, es wird ihm passen, denn wenn er mich ablehnt.. .. dann werde ich ihn eines Tages verdrängen, es ist eine entschiedene Sache und niemand wird mich von meiner Idee abbringen.

„Glaubst du, es wird dir Angst machen?

„Ich denke nicht, aber er tut es mir auch nicht. Es wird etwas sein, über das wir auf zwei Arten diskutieren können. Nach deiner Wahl lasse ich dich wählen, was dir am besten gefällt.

Und gelassen setzte er sich wieder an den Tisch, füllte sein Glas mit ruhigem Puls, während Agnes, über sein kaltes Blut staunend, ihn schief ansah.

Auch sie fing an, diesen Kerl zu mögen, der nicht wie einer von denen aussah, die sie je getroffen hatte.

KAPITEL V

EIN KÜHNER VORSCHLAG

Nachdem die Ordnung wiederhergestellt war, kehrten die Kunden, wenn auch mit einer gewissen Nervosität, an ihre Tische zurück, wo das Ereignis leidenschaftlich diskutiert wurde. Das war etwas Ungewöhnliches und alle fragten sich, wie das gerade begonnene Drama, das eine schwer vorhersehbare Fortsetzung erforderte, enden sollte.

Als Agnes überzeugt war, dass wieder Ruhe herrschte, rief sie den Chef der Männer in ihren Diensten, um jeden Tumult zu überwinden, und sagte:

„Halten Sie die Augen offen, obwohl ich nicht erwarte, dass etwas Außergewöhnliches passiert. Wenn Foot kommt, halte ihn für einen Moment fest und schicke mir eine Warnung. Ich gehe in meine Zimmer.

Er ging auf Stuart zu, der sich eine Zigarette angezündet hatte, und bat ihn:

„Möchtest du kurz in meine Privaträume gehen?

„Teufel! Warum nicht? Das ehrt mich außerordentlich, denn das Heiligtum einer Frau wie dir muss etwas Wunderbares sein. Ich hoffe, das ist kein Grund für einen weiteren Streit.

Sie sah ihn auf besondere Weise an, als sie ihn hörte. Sie erinnerte sich an Foots Fleiß und liebevolle Anmaßungen und lächelte schließlich amüsiert.

„Ich hoffe nicht, zumindest für heute Abend.

„Gut, wenn sie mich ausruhen lassen. Warum sagst du das?

„Weil die Sache zu ernst ist, als dass Foot an etwas denken könnte, das nichts mit dem Tod seines Sekundanten zu tun hat.

"Donner und Blitz! Es bedeutet, dass auch er ...

„Ich will nichts sagen, Fremder. Diese Angelegenheiten sind mir überlassen. Folge mir

„Nun, ich will nicht in sein Privatleben einsteigen. Wenn dieser Geier in dich verliebt ist, werde ich dir sagen, dass du nicht so geschmacklos bist, wie ich angenommen hatte.

„Danke. Du bist zu galant.

„Nicht. Ich bin einfach nichts mehr. Du gehörst zu der Art von Frauen, die ich gerne gehabt hätte.

„Was würden sie haben? Magst du keine von ihnen?

"Relativ. Mein Geschmack ist unterschiedlich, aber Herzkomplikationen erscheinen mir verfrüht. Vielleicht scheint eines Tages, wenn ich einen Thron aus Dollars oder Tüten voller Gold habe, die Zeit gekommen zu sein, darüber nachzudenken.

„Zu viel Zeit, die du der Zeit gibst. Es kann früher alt werden.

„Nun, inzwischen mag ich etwas… unkompliziert.

„Betty zum Beispiel?

„Betty… und einige der verschiedenen anderen Mädchen, die Sie hier haben. Sie erweist sich als Frau mit Geschmack, indem sie sie auswählt und ich bin ein sehr breiter Mann in meinen Ausgaben, wenn das Ding es verdient … oberflächlich.

"Ich tu nicht.

„Du wirst mir nicht sagen, dass du in deinem Leben keinen Mann gemocht hast.

„Ja. Viele, aber … aus diversen Gründen, auch oberflächlich. Stattdessen, für das einzige, was ich total gerne als Mann hätte … habe ich ihn noch nicht gefunden.

„Wenn es ein Trinkgeld wert ist, zögern Sie nicht, danach zu suchen, oder Sie werden ohne es zurückgelassen. Wenn sie zu anspruchsvoll ist, kann sie dich möglicherweise nicht rechtzeitig finden.

„Glaubst du, es ist schon zu spät für mich?

„Tu es nicht. Nicht das, aber lass es nicht sein.

„Danke. Ich werde die Ratschläge studieren, wenn ich Zeit habe.

Sie hatten die Galerie erreicht. Sie führte ihn voran, führte ihn zu seinen Zimmern, ließ ihn jedoch im Empfangszimmer zurück, um Betty zu betrachten, die wie wild auf ihr Bett gefallen war.

Die junge Frau schien zu schlafen und kehrte auf Zehenspitzen aus dem Schlafzimmer zurück an Stuarts Seite.

Er goss Whisky ein und hatte sich eine Zigarre angezündet, an der er mit Freude saugte.

Agnes, lächelnd, kommentierte:

„Ich stelle fest, dass Sie nicht sehr angesehen werden, um ihren Geschmack zu befriedigen.

„Ich war deiner Einladung voraus, das ist alles. Ich war mir sicher, er würde mir Whisky und Zigarren anbieten; Bei Vertrauensbesuchen ist das immer Pflicht, oder?

"Sie sind sehr klug. Was glaubst du, kann ich dir noch bieten?

„Lass mich nicht von einem eitlen Mann beurteilen.

„Du tust gut daran, es nicht zu sein, denn vielleicht hast du dich geirrt", erwiderte sie und lächelte verschmitzt.

„Es wäre schade, aber da ich mit meinen Überzeugungen nicht versagen möchte, ist es vorzuziehen, dass er es mir nicht sagt.

„Ich kann Ihnen meinen Schutz anbieten, der nicht gering ist.

„Ich bezweifle es nicht, aber welches Konzept kann ein Mann ihm anbieten, der auf eine Frau angewiesen ist, um erfolgreich zu sein?

„Eine miese Meinung, aber Sie haben mich nicht verstanden. Es ist kein Schutz, ohne Verdienst zu klettern, sondern den freien Weg für diesen Aufstieg zu finden. Wenn Sie nicht nützlich wären, um dorthin zu gelangen, würde die Hilfe nichts nützen.

„Vielleicht wäre es etwas Nützliches. Wie würde ich es tun?

„Ich benutze meine großartige Freundschaft mit Foot. Vielleicht konnte ich ihn überreden, seine Dienste als Ersatz für Fred anzunehmen.

„Welches Interesse haben Sie an Foot?

"Er ist mein Freund.

„Nur dein Freund?

„Es ist genau das, was ich will.

„Lass ihn in diesem Fall so, wie er ist, denn ich möchte sie nicht im Unrecht mit ihm lassen und einen Konflikt verursachen. Vielleicht führt mein Ehrgeiz eines Tages dazu, dass ich diese Position einnehmen möchte und würde mich über Ihre Empfehlung verlegen fühlen. Ich bevorzuge, dass er frei wählt und was danach explodieren kann, ist eine Sache von uns beiden.

„Sei nicht dumm oder eitel. Es gab viele mutige Männer hier vor Ihnen, die genau das beharrten und sich jetzt ruhig ausruhen und ein paar Zentimeter unter der Erde über ihre Torheiten meditieren.

„Wenn er seine Konkurrenten töten könnte, warum konnte ich ihn dann nicht töten, wenn er wollte? Es gibt keinen unverwundbaren Mann, und was einer tut, kann ein anderer tun.

„Vielleicht, aber ich will nicht, dass das passiert. Seien Sie zufrieden, wenn er Sie für nützlich hält. Der zweite Platz neben Foot ist sehr Kategorie.

„Und um Foot noch viel mehr zu ersetzen. Hättest du dich damit zufrieden gegeben, in einem Joint wie diesem zu sein, ähnlich dem, was Betty hier ist?

„Ich war und habe mich niedergelassen, bis meine Zeit gekommen ist, aber nicht im Weg. Frauen haben Erfolg mit Geschick und ohne Blut. Sie tun es mit Schüssen.

„Jeder benutzt alle Waffen, die er kann. Am Ende des Tages, ob Sie es glauben oder nicht, Ihre sind gefährlicher.

„Sei nicht stur. Hör mir zu, warum gibst du das nicht einfach auf und akzeptierst etwas anderes?

"Die Tatsache, dass?

„Die Position meines Vertrauensmannes in der Spielhölle. Ich würde dich gut bezahlen und hätte gerne einen so ganzen Mann wie dich an meiner Seite.

„Ich lehne es ab. Ich bin sehr gefährlich, wenn ich einige Zeit neben einer Frau verbringe. Am Ende würde ich mich in dich verlieben und ich möchte nicht.

Er sagte es in einem jovialen Ton und Agnes sah ihn intensiv an, um zu fragen:

"Erscheine ich so hässlich oder alt, dass ich dir Angst mache?"

„Wenn es so wäre, würde ich es akzeptieren, weil ich nicht Gefahr laufen würde, mich in dich zu verlieben. Sie sind attraktiv und ich denke, Sie sind eine zu gefährliche Frau. Ich mag es nicht, mit Frauen zu kämpfen, und du und ich würden uns wegen einer Sache streiten.

"Warum?

„Wegen einer anderen Frau.

„Wegen Betty? Heute Nacht hast du nicht mit ihr gekämpft, sondern für sie.

„Tu es nicht. Es war nicht gerade wegen ihr, obwohl es als Vorwand gedient hat. Ich hätte mich mit Fred umgebracht, um eine Kleinigkeit darin zu sehen, aber das bedeutet nicht, dass ich nicht glücklich bin, dass sie es getan hat." profitierte.

"Sie sind ein absurder Mann, und ich verstehe Sie nicht ganz", versicherte Agnes, verärgert über die Klarheit von Stuarts Worten.

Er antwortete:

„Aber ich bin ehrlich, das ist die Hauptsache. Ich hatte viele Ambitionen in meinem Leben und ich habe darum gekämpft, dass sie sich erfüllen. Später kamen sie mir arm und kleinlich vor, vielleicht weil sie schon erreicht waren und keine weiteren Anstrengungen verdienten, habe ich sie für neue aufgegeben. Ich kam nach San Francisco, weil man mir sagte, es sei die schönste Stadt für meine Nerven und zum

Geldverdienen. Ich habe mich davon überzeugt, dass man mit Gold alles auf der Welt bekommt und ich sehr wenig besitze, weil ich es bis jetzt nicht geschätzt habe.

»Ich möchte Geld verdienen, aber schnell, um keine Zeit zu haben, es mit der einen Hand zu nehmen und mit der anderen auszugeben. An dem Tag, an dem ich mich mit Tausenden und Abertausenden von Dollar gleichzeitig sehe, werde ich vielleicht schätzen, was sie wert sind und mich wie ein Sparer fühlen, und deshalb werde ich es versuchen. Wenn mir was passiert, mit allem, vielleicht werfe ich es weg und erleide die letzte und endgültigste Enttäuschung meines Lebens.

„Passiert Ihnen das Gleiche mit Frauen?

„Das Gleiche, zumindest bis heute. Ich habe gekämpft, um etwas zu bekommen, und dann wurde ich enttäuscht. Vielleicht lag es daran, dass ich sie nicht verstand ... oder weil sie mich nicht verstanden.

„Du bist absurd, dich nicht anders zu nennen.

„Rufen Sie mich an, wie Sie wollen. Es wäre nicht der erste und vielleicht nicht der letzte.

"Ich glaube es, aber trotzdem sage ich eines voraus. An dem Tag, an dem eine Frau es dir vorschlägt ... an diesem Tag wirst du mit all diesem Arsenal an Verachtung und Unwirklichkeit der unterwürfigste Typ sein, wenn es um Liebe geht Fragen Sie, wen Sie tun können, damit sie nicht grausam und despotisch ist, denn wenn sie es ist, wird sie Sie ein für allemal bezahlen lassen, was Sie zuvor mit den anderen tun konnten.

„Ich glaube nicht an gelegentliche Wahrsager, Agnes. Ich bin schon zu angeschlagen, um für das Schikanieren zu bezahlen.

„Wir alle zahlen dafür. Ich auch, und doch wage ich nicht zu behaupten, dass ich sie mir eines Tages nicht leisten kann. Es gibt Zeiten, in denen wir, wie abgenutzte Schrauben, über das Gewinde gehen und ... wir nicht mehr so festziehen können, wie wir möchten.

„Bis dahin bin ich an Altersschwäche gestorben, wenn ich nicht mit Stiefeln gestürzt bin.

Einer der Angestellten klopfte an die Tür, um zu verkünden, dass Foot im Raum war. Agnes gab den Befehl, erzogen zu werden.

Bevor der Schütze eintraf, sagte er zu Stuart:

Denk darüber nach. Es liegt an mir, Foot davon zu überzeugen, ...

„Tu es nicht. Ich werde ihn alleine überzeugen.

„Ich bin gespannt, wie Sie das machen, aber wenn Sie scheitern, erwarten Sie nicht, dass ich in letzter Minute interveniere. Das steht auf dem Spiel.

„Ich werde kämpfen mit dem, was kommt.

Foot klopfte an die Tür und Agnes lud ihn ein. Als der Schütze Stuart entdeckte, der bequem im Sessel saß und seine Zigarre rauchte, mit dem Whiskyglas vor sich, sah er ihn finster an und fragte:

„Ein neuer Gast?

„Nicht wirklich, Foot. Aber die Umstände haben mich gezwungen, dich hier einzusperren. Ich habe dir etwas Ernstes zu berichten und dieser Mann ist nichts Unbekanntes. Du kennst ihn vielleicht nicht.

„Nicht. Ich habe ihn noch nie gesehen.

Stuart stand auf und sagte:

„Mein Name ist Stuart Sterling. Ich denke, der Rest fällt im Moment auf.

„Mein Name ist Konny Foot. Ich nehme an, Sie haben einige Informationen über mich, die es vermeiden, weitere Details hinzuzufügen.

„Ich habe ziemlich viele Informationen, Freund, und ich täusche Sie nicht, wenn ich Ihnen sage, dass ich großes Interesse daran hatte, Sie kennenzulernen. Ich wollte mit dir reden und das Schicksal hat getan, was es will. Agnes wird Sie informieren, wie sie es für am besten hält.

Sie lud Foot ein, sich zu setzen, und sagte dann:

„Ich denke, ich muss am Anfang beginnen, bevor Sie verstehen, warum, hören Sie zu.

Er erzählte grob die Vorfälle, die Fred in den vergangenen Tagen verursacht hatte, den erbitterten Streit, den sie an dem Tag hatten, als er ihn aus dem Joint geworfen hatte, und wie er dem jähzornigen Fred gedroht hatte, seinem Chef alles zu erzählen.

„Warum hast du es noch nie gemacht, Agnes? Fuß unterbrochen. Ich hätte ihn gezwungen...

"Ich hielt es nicht für nötig", erwiderte Agnes, "weil er mein Lokal nicht mehr besuchte, aber heute Abend tauchte er betrunken und streitlustig auf. Er nutzte die Tatsache aus, dass er den Tanz auf dem Tabladillo beendet hatte , bat dieser Klient Betty zu tanzen, und Fred, wahnsinnig wie eine Katze, durstig, drohte ihr, sie umzubringen, wenn er sie wieder mit jemandem tanzen sehen würde.

Sie sind ein Mann und würden nicht zulassen, dass sich eine Frau wegen der Bedrohung durch einen anderen Mann aus Ihren Armen löst. Das hat Stuart getan; nicht verderben und Fred fragen, ob er für den Fall mit ihm gerechnet hatte. Freds Antwort war, mit dem Revolver zu schießen, aber der Alkohol musste ihm Blei in die Hände gegeben haben, denn er war zu langsam zum Feuern. Als er es versuchen wollte, hatte er eine Unze Blei in seinem Bauch. Sie haben seine Leiche unten in einem Zimmer.

Fuß sprang wie eine Feder, brüllend:

„Was sagst du? Was ... hat ... Fred umgebracht? Was hat ihn umgebracht, indem er die Waffe ziehen ließ?

„Unten haben Sie hundert Zeugen des Duells. Du kannst sie fragen.

Fuß war fassungslos. Er kannte seinen zweiten gut genug, um ihn als einen der schnellsten und sichersten Männer mit einem Fohlen in der Hand zu betrachten.

Stuart, der ebenfalls aufgestanden war, starrte ihn mürrisch und spöttisch an, ohne die Kälte des Revolverhelden aus den Augen zu lassen. Er versuchte, seine Reaktion auf das, was passieren könnte, im Voraus zu lesen, aber nach diesen Sekunden der Explosion verriet Foots Blick nichts von dem, was er zu wissen vorgab.

Fuß endete mit der Aussage:

„Ich kann es kaum glauben, dass das so passieren konnte.

Stuart antwortete trocken:

„Sie täuschen eine Dame, die auch Ihre Freundin ist, und ich finde Sie nicht sehr galant, Mr. Foot. Ich habe es getan, wie sie es Ihnen sagen, und wann immer ich wollte, würde ich es wiederholen.

Foot hob in einem Wutanfall schnell die Hand zu seiner Hüfte, gleichzeitig rief er:

„Gut, beweisen Sie es.

Aber bevor sein Revolver ganz aus dem Holster gezogen war, sank der schwarze Lauf von Stuarts Waffe in seine Brust und lehnte sich unheimlich daran:

„Ich könnte es Ihnen beweisen, wie Sie sehen; aber ich will nicht, es sei denn, ich beharre weiterhin auf dieser Einstellung.

Der berühmte Schütze riss die Augen auf und stand angespannt mit halb angewinkeltem Arm da. Kein einziger Muskel in seinem Gesicht veränderte sich, und während Stuart in dieser drohenden Haltung fortfuhr, fragte er:

Was erwartest du?

„Alles. Mein Beweis war nur theoretisch. Ich habe im Moment nichts gegen dich und ... ich interessiere mich nicht für dein Leben, obwohl ich weiß, dass du mich erschossen hättest, wenn du schneller gewesen wärst als ich.

Foot zog die Hand aus der Waffe und steckte sie wieder in das Halfter, und Stuart folgte ihm.

Agnes' geschminktes Gesicht hatte sich während der qualvollen Momente dieser dramatischen Szene keinen einzigen Moment lang zusammengezogen. Sie war sich fast sicher, dass einer von ihnen fallen würde, und doch blieb sie unbewegt. Stuarts Ruhe, Kaltblütigkeit und seine Fähigkeit, seine Waffe zu ziehen, hatten ihn trotz allem beeindruckt.

„Komm schon, Foot", sagte er lächelnd, als er seine schlanke Hand auf die Schulter des Schützen legte. „Es hätte mich sehr geärgert, einen von euch fallen zu sehen. Ihr seid zu ungestüm und ich habe euch nicht berufen, diese Szenen hier zu machen oder andere dazu zu zwingen Sie hatten gesunden Menschenverstand, Sie würden zugeben, dass es Freds Schuld war, weil Sie ihn gut kannten.

Foot nahm die Whiskyflasche mit ruhigem Puls, füllte sein Glas und leerte es. Dann sagte er:

„Ich glaube, du hast recht, Agnes. Ich war dumm, mir wegen etwas auf die Nerven zu gehen, das es nicht verdient hat. Derjenige, der es verdient hat, dass dieser Mann auf mich geschossen hat, bin ich.

„Warum sollte er?

„Nun ... denn wenn Sie nicht so schnell und vor mir gewesen wären, hätte ich gefeuert. Sie haben mir einen Schaden zugefügt, den Sie nicht einschätzen können.

Stuart lächelte zynisch und sagte:

„Ich mag dich wegen deiner Ehrlichkeit, aber ich hege keinen Groll gegen dich. Er wusste, dass dies seine Reaktion sein würde und er war bereit, es zu vermeiden. Was den Schaden angeht, können wir ihn vielleicht reparieren.

"Wie?

„Es gibt ein Sprichwort, das sagt: ‚Ein toter König, gesetzter König.' Warum kann ich Fred nicht in deiner Crew ersetzen?

„Du? Wer bist du, um das anzustreben?

„Hölle zur Hölle! Ich habe Ihnen schon meinen Namen genannt, Sie haben den Rest gesehen, und wenn etwas fehlt, füge ich hinzu, dass mein Dienst in der Welt nicht von Ihrem ablenken darf. Das hat natürlich nichts zu bedeuten, denn es geht darum zu zeigen, dass es für seinen Zweck verwendet wird oder nicht.

„Du scheinst mir zu ehrgeizig zu sein", wandte Foot ein.

„Glaub es nicht, in diesem Fall ist mein Ehrgeiz minimal. Wenn ich mich für so ehrgeizig halten würde, wie Sie mich beurteilen, würde ich nicht die Position von Fred anstreben, sondern ihn in seinen Aktivitäten verdrängen, und ohne Eitelkeit kann ich behaupten, dass ich nie versagt habe, was ich vorgeschlagen habe.

„Manchmal scheitert man im Leben.

„Das kann jedem passieren … sogar dir.

„Bisher bin ich nicht gescheitert.

„Ich auch nicht, aber ich denke, diese Diskussion ist müßig. Ich habe einen Vorschlag gemacht und Sie müssen sich entscheiden. Es ist klar, dass ich seinen Sekundanten getötet habe, weil er es wollte und weil er neben mir ein armer Teufel war. Wenn Ihnen das etwas sagt, berücksichtigen Sie es, und wenn nicht, sagen Sie es, damit ich mir meine eigene Komposition ausdenken kann.

Fuß war nachdenklich. Freds Tod stellte ihn vor ein Problem, denn er war ein wertvoller Mann für ihn. Tot, er musste ihn ersetzen, aber was würden die anderen sagen? Einige würden sich für würdig halten, ihn zu ersetzen. Trotz allem vermutete er in Stuart einen sehr gefährlichen möglichen Feind, und wenn er ihn kurz fesselte und in Reichweite seiner Hand hatte, konnte er ihn besser kontrollieren als frei.

Endlich war es entschieden.

„Das ist etwas, auf das ich im Moment keine Antwort geben kann. Es stimmt, dass ich der Boss bin und meinen Männern meinen Willen aufzwinge, aber es würde eine Spaltung stiften, wenn ich einem Fremden auferlegen würde, ohne ihn zumindest zu warnen und ihm klar zu machen, dass es für alle eine bequeme Sache sein kann. Dennoch erwarte ich nicht, dass die Opposition aufhört zu existieren.

„Ich interessiere mich nicht für diese Opposition, soweit es mich betrifft. Wenn sich jemand etwas widersetzen muss, lassen Sie es mich sagen und widersetzen Sie sich mir. Wir werden das zwischen uns beiden klären.

„Zu selbstbewusst, Fremder. Das kann dich verlieren.

„Wenn das passiert, halte ich durch. Du entscheidest und der Rest ist mir egal.

„Okay, komm morgen Abend wieder hierher und ich antworte.

„Morgen wird er mich hier haben, um die Antwort zu finden.

Foot drehte sich zu Agnes, die nicht in das Gespräch verwickelt war, und sah sie eindringlich an. Sie lächelte amüsiert, und tief in ihrem Inneren war sie es auch. Er hatte in Stuart einen Mann gefunden, wie er ihn bisher noch nie gekannt hatte.

Endlich sagte er:

„Nun, Agnes, das war ein bisschen theatralisch, das war noch nie passiert; wir werden sehen wie es endet. Dann schicke ich Freds Leiche, damit meine Männer sie begraben. Immerhin hat er mir treu gedient.

„Klingt gut für mich, Foot. Für den Rest werde ich feiern, dass Sie fixiert sind und dass Sie Glück haben.

Er winkte zum Abschied und verließ die Räume von "California Beauty", wobei er von Stuart mit einem rätselhaften Lächeln entlassen wurde. Er war sich sicher, einen entscheidenden Stich für ihn gewonnen zu haben. Foot würde darüber nachdenken und als kleineres Übel würde er ihn schließlich in seine Band aufnehmen. Dann ... hätte der Teufel das letzte Wort.

KAPITEL VI

WIE DIE GROSSE NACHT ENDETE

Sobald er sein Versteck erreicht hatte, schickte Foot einen der Männer, die seine persönliche Wache bildeten, um seine Gangmitglieder zu finden und ihn zu treffen. Sie alle mussten auf dem Gelände ihrer Abgrenzung herumlaufen und es würde nicht schwer sein, sie zu finden.

Und so fanden sich gegen zwei Uhr morgens sechzehn abgehärtete und gefährliche Männer, für die Leben oder Tod unter den vielen ihrer langen Karriere von Unerwünschten nur ein Zufall war, mit Foot wieder vereint, von der Neugier überwältigt, das Ziel dieser Unzeit zu kennen Forderung. Freds Tod war für sie kein Geheimnis mehr, denn das Gerücht hatte sich im gesamten Unterweltbezirk verbreitet und alle dachten, der Ruf wäre, ihnen einen offiziellen Bericht über das Ereignis zu geben und, was logisch war, auch einen Ersatz zu benennen.

Zweiter in Foots Band "und in jeder anderen" zu sein, war ein fester Schritt, um in jedem Moment der Aufregung seine Position einnehmen zu können, wenn der Boss, der nicht unverwundbar war, weil er es war, im Kampf fiel, wie so viele andere gefallen waren und musste es ersetzen.

Vielleicht war Adair Jessup derjenige mit der größten Hoffnung auf Beförderung, da Fred weg war. Er galt als einer der dreisten, furchteinflößendsten und egoistischsten der Bande, und deshalb hielt er, sobald er vom Verschwinden seines Rivalen erfuhr, er für derjenige, der das meiste Recht hatte, ihn zu ersetzen.

Als Foot ihnen über das Ereignis und seine Entwicklung berichtete, fragte Jessup:

„Was haben Sie mit dem Typen zu tun, der Sie in die Hölle geschickt hat, Boss?

"Worüber redest du?

„Einfach, wenn er Freds Tod ohne Rache verlassen will.

Foot sah ihn kalt an und antwortete:

„Ich muss mich nicht auf den Weg machen, um den Tod von jemandem zu rächen, wenn ein Typ wie Fred dumm danach sucht und sich in einen Narren verliebt. Meine Männer können in einen Kampf "meinen" geraten und auf jeden Umstand hereinfallen; Also haben sie mich für das und was immer nötig an ihrer Seite, aber wenn jemand von Mann zu Mann mit Bravo prahlt und es dann nicht zeigt und fällt, dient es mir nicht. Ist das klar?

Nun, vielleicht ja. Aber wenn Fred betrunken war, war es nicht schwer, schnell mit ihm anzugeben.

„Wer es getan hat, hätte Fred betrunken und nicht trinkend in die Hölle geschickt. Ich kenne die Art von Mann, die er ist.

"Kennst du ihn?

„Ich kannte ihn nicht, aber ich brauchte sehr kurze Zeit, um ihn kennenzulernen. Als ich dich zugelassen habe, Jessup, kannte ich dich nicht, aber ich habe dich nicht falsch beurteilt. Das gleiche passiert mit diesem Mann.

"Dann...

„Also, ich habe etwas entschieden und dafür habe ich dich zusammengebracht. Der Typ ist etwas Besonderes, einer so harten Gang wie unserer würdig, und da er nach San Francisco gekommen ist, um sich bekannt zu machen und Geld zu verdienen, habe ich beschlossen, ihn nicht um seine Ehrerbietung herumstreifen zu lassen und ihn an meiner Seite zu haben. Ich möchte nicht, dass ein neuer Fritt auftaucht, um das jetzt ruhige Leben, das wir führen, zu stören, und bevor er auf die andere Seite geht oder den Kopf hebt, bin ich bei ihm geblieben.

Jessup, der sich den Entscheidungen seines Chefs nicht offen widersetzen wollte, rief aus:

„Nun, ich denke, es ist keine schlechte Idee. Wenn wir einen Verlust hatten, muss jemand dafür aufkommen, und wenn der Typ es verdient, ist dieser so gut wie der andere. Haben Sie ihn schon eingestellt?

"Jawohl.

„War es in Ordnung?

„Ja, es schien ihm gut zu sein, solange ich ihm die Position gebe, die Fred innehatte, und es schien mir, dass es für ihn funktioniert. Gibt es jemanden, der nicht zufrieden ist?

Alle sahen sich erstaunt an. Sie akzeptierten nicht, dass er sich entschloss, ihm diese Vertrauensstellung zu gewähren, da er unter seinen Männern viele hatte, die in der Lage waren, die Toten zu versorgen.

„Ich bin nicht zufrieden", wagte Jessup zu verkünden, als er sah, dass keiner seiner Gefährten es wagte, seine Stimme dagegen zu erheben.

"Aus welchem Grund?

„Weil er kann, was er kann, und nicht nur ich, sondern jeder meiner Teamkollegen.

„Sogar ihn konfrontieren?

„Da wunderst du dich nicht einmal.

"Einverstanden. Da ich fest entschlossen bin, ihn zuzugeben, möchte ich es nicht tun, ohne anderen die gleichen Möglichkeiten wie ihm zu geben. Wenn Sie bereit sind, die Position anzufechten, wird es für Sie sein, wenn Sie sie gewinnen. So wie dieser Mann... viel wert und ich verachte ihn nicht, unterdrücke ihn nicht oder ziehe ihn auf meine Seite; aber weil es es wert ist und es mir sehr nützlich sein kann, bin ich nicht bereit, es in irgendeiner Weise zu unterdrücken.

Wer nicht zufrieden ist, muss ihn von Angesicht zu Angesicht in die Hölle schicken, um zu zeigen, dass er ihm überlegen ist, und wenn er es schafft, ihn in den Staub zu beißen, werde ich nichts dagegen tun, aber wenn er scheitert, wird er am Ende überzeugen mir, dass er mehr wert war als Fred und dass jeder, der es versucht, seine Position bestreitet. Sie sind der Erste, der es versucht, und wenn jemand anders denkt, wie Sie, folgen Sie Ihnen im Test, wenn Sie fallen, aber wenn Sie gewinnen, werden Sie Zweiter im Kader. Sind wir uns einig?

Es gab neue Blicke von den bewaffneten Männern. Fred war ein guter Revolver und tot, Jessup konnte als der Beste angesehen werden. Wenn er nicht dazu diente, den Eindringling zu eliminieren, hielt sich keiner für so schnell wie Jessup.

Schließlich meldete sich einer, um zu antworten:

„Warum noch mehr Tests, Boss? Wir sind uns alle sicher, dass Jessup sehr gut wissen wird, wie es geht. Wenn Sie es versuchen, reicht das.

„Gefällig. Wie auch immer, ich bin nicht so dumm, dass ich es dir erlaubt habe, einen nach dem anderen zu versuchen, und dass du dumm gefallen bist. Ich halte Sie alle für geschickt im Umgang mit dem Hengstfohlen, und wenn dieser Fremde zuerst die Führung übernimmt? , er wird für mich besser sein als der Rest. Ich will es dir nicht kapriziös aufzwingen, sondern aus Gründen der ... Führung. Wenn Jessup fällt, wirst du ihn als meinen rechten Arm akzeptieren und ich werde keinen dulden Ich weiß, dass es ein sehr wertvolles Element sein wird, wenn der Kampf aus irgendeinem Grund wieder aufgenommen wird und wir wieder wie wilde Tiere kämpfen müssen.

„Wann werden wir diesen Tiger messen? fragte Jessup spöttisch.

„Morgen Abend habe ich vereinbart, ihn zu sehen und ihm die Antwort zu geben. Ich treffe Sie am selben Ort und wir vereinbaren den Ort und die Uhrzeit des Treffens. Das ist alles, was ich Ihnen zu sagen hatte.

„Nun, wenn Sie es nicht bereuen ... Nachdem ich mit ihm gesprochen habe, sehen wir uns.

„Ich hoffe, ihr beide bereut es nicht", war Foots Antwort.

Die Bande verließ ihre Höhle, um sich im Dorf zu zerstreuen. In kleinen Gruppen wählte jeder die Spielhölle aus, in der er den Rest der Nacht verbringen und Eindrücke über das seltsame Ereignis austauschen wollte.

Jessup erreichte mit zwei seiner engsten Freunde aus der Gang die Straße von San Francisco und diskutierte erbittert über das Ereignis. Der aufgeregte Schütze war nicht bereit, so viele Stunden zu warten, weil er sich über die Verzögerung ärgerte, die er seiner Meinung nach nicht verdient hatte. Er war einer der ältesten Männer in der Bande, der in ernsthafter Gefahr gewesen war, Foot zu helfen, und jetzt hatte er eine tiefe Verachtung für einen Anführer, den er für zu launisch und beeinflussbar hielt.

Wütend hörte er auf zu kommentieren:

„Das ist eine Schlampe von Foot, findest du nicht?

„Zumindest gibt es uns selbst wenig Bedeutung. Ich kenne einige Revolverfreaks und ich glaube nicht, dass dieser Typ ihnen überlegen ist. Wir sind nicht verkrüppelt.

„Nein, natürlich nicht", schrie Jessup, „und wir haben auch kein Blei in unseren Händen, und ich frage mich, warum wir bis morgen warten müssen, um diese Angelegenheit zu lösen. Wenn er, wie Foot gesagt hat, bei Agnes ist … , indem man dorthin geht und ihn tötet, kann die Sache gelöst werden, ohne all diese dumme Zeit zu verschwenden Das Dilemma ist bei ihm oder unterdrücke ihn, weil er unterdrückt und in Frieden ist.

„Ja, aber Sie haben ihn auch deutlich sagen hören, dass jeder, der es tut, es von Angesicht zu Angesicht tun muss. Machen wir uns die Sache nicht noch komplizierter, indem wir das Unkraut säen, denn wenn er herausfindet, dass wir ihn zwischen uns dreien unterdrücken, wird er denken, dass wir uns vor ihm gefürchtet haben und er ohne uns auskommt. Die Dinger sollen sich nicht selbstständig machen und Fritt würde viel über die Spaltung lachen und sogar die Uneinigkeit ausnutzen.

Jessup brüllte außer sich;

„Ich brauche dich überhaupt nicht. Um ihn in die Hölle zu schicken, wenn wir ihn dort finden, reicht es mir.

„Schon gut", erwiderte sein Partner, „aber schau gut, wie du das machst. Agnes wird den Chef über den weiteren Verlauf der Begegnung informieren, und wenn er mit deinem Verhalten nicht zufrieden ist, hast du damit nichts gewonnen.

„Ja, ja, ich verstehe dich. Ich muss hineingehen, nach ihm fragen, ihm sagen, wer ich bin, ihn warnen, dass ich ihn töten werde, und ihn bitten, fünfmal zu schießen, bevor ich die Waffe ziehe, damit niemand sagt, dass ich ihn nicht mitgenommen habe Eigeninitiative, oder?

„Übertreib es nicht, Jessup", antwortete einer seiner Gefährten. Denken Sie daran, dass Fred weniger sprach und vorgab, mehr zu tun, und Sie sahen. Solange Ihnen niemand vorwirft, ohne Vorwarnung geschossen zu haben, haben Sie genug.

„Nun, folge mir. Ich suche ihn, und wenn ich ihn finde, wirst du Zeuge des Kampfes. Ich bin nicht halb betrunken wie Fred, als er diesen Unsinn gemacht hat.

Die beiden Unerwünschten zuckten die Achseln und folgten ihm. Sie konnten nicht leugnen, dass es Jessup ein Vergnügen war, sich schneller und sicherer als Fred und damit mehr als der Fremde zu beweisen, aber wenn es ihm nicht gelang, war keiner bereit, befehlswidrig einzugreifen.

* * *

Stuart, scheinbar ohne Eile, war in Agnes' Zimmern geblieben. Als Foot verschwunden war, setzte er sich wieder hin, füllte eines der Gläser mit Whisky und lehnte sich im Sessel zurück.

Agnes kommentierte mit einem besonderen Lächeln:

„Du bist nicht sehr galant, Stuart, ich trinke auch.

„Oh, entschuldige. Ich dachte, der Schreck sei noch nicht vorüber und ihre hübsche Kehle würde dadurch nichts zulassen.

„Wer zum Teufel hat dir gesagt, dass ich Angst habe?

„Es war nicht so? Entschuldigen Sie dann; es stellt sich heraus, dass Sie mehr Nerven haben, als ich erwartet hatte. Oder glauben Sie nicht, dass ich diesen Kerl umbringen wollte?

„Natürlich habe ich es nicht geglaubt.

"Aus welchem Grund?

„Nun, weil er dich so eitel beurteilt hat, dass du nicht den geringsten Vorteil zu deinen Gunsten ausnutzen kannst, damit dich niemand falsch interpretiert, und diesmal hast du selbst gestanden, dass du alle Vorteile zu deinen Gunsten hattest.

Stuart lachte amüsiert und sagte:

„Du gewinnst, Agnes. Du bist eine Frau mit wunderbarer Intuition. So war es, aber diese Kröte traut sich nicht allzu sehr, weil ich ein Wahnsinniger bin. Wenn er sein Glück wiederholte, würde er ihn nicht noch einmal ziehen lassen. Was vermuten Sie, dass Sie entscheiden können?

"Nun ... das wird bei dir bleiben.

Auch wenn Ihre Männer dagegen sind?

„Trotzdem. Er hat die Maßnahme gut getroffen und weiß, wie viel Sie ihm wert sein können. Sie werden einen Weg finden, sie zu überzeugen, wenn sie protestieren.

"Ich bin mir nicht sicher. Bei starkem Widerstand können Sie es Ihren Männern überlassen, die Sache einfacher zu entscheiden.

„Wie? Ich verstehe dich nicht.

„Die Unwissenden spielen, wenn einige oder einige versuchen, die Konkurrenz zu unterdrücken. Ich kenne meine Leute, um den Fuß zu kennen, der hinken kann.

„Ich auch, und ich weiß, dass Foot genauso dumm eitel ist wie du. Ich würde sie nicht aus Stolz ermächtigen, jemanden daran zu hindern, Sie als "Feigling" zu bezeichnen, indem er Sie unterdrückt, weil Sie sich oder Ihren Männern nicht entgegengestellt haben.

„Sie können es ohne Ihre Zustimmung tun.

„Ich wage nicht, nein zu sagen, aber in Erwartung müssen Sie sich selbst schützen, bis Sie Foots Antwort erhalten.

„Wie soll ich mich retten, wenn ich keinen von ihnen kenne? Ich bleibe hier, bis der Laden schließt.

Sie hat die Behauptung korrigiert.

„Nicht hier genau. Nicht, dass mir Ihre Anwesenheit wichtig wäre, aber ich möchte nicht, dass jemand meine Gastfreundschaft Ihnen gegenüber falsch interpretiert. Es gibt viele, die etwas von mir anstreben, und wenn ich in etwas Talent bewiesen habe, dann dadurch, dass ich jeden so behandle, dass keiner glaubt, mehr Recht zu haben als der andere oder mehr aufgeschoben als andere. Foot selbst ist aus irgendeinem Grund ernsthaft in mich verliebt und hat es nicht geschafft, dass ich ihn besser oder schlechter als andere in diesem Bereich behandle. Mir geht es auf diese Weise sehr gut und ich vermeide Komplikationen und Verantwortung.

„Ich möchte es verstehen. Das nennt man Flirten.

Praktischer Flirt, wenn du magst.

„Und ich finde, du machst das gut. Jeder wird verwaltet, wie Sie es für richtig halten. Ich muss gestehen, dass ich dich mehr mag, wenn ich dich behandle.

„Scheitel mir nicht, ich werde verblassen. Diejenige, die dich mag, ist Betty.

„Ich habe ein Herz, das in der Lage ist, ein paar kleinere zuzulassen als meine.

„Aber meine ist zu groß, um in einen Käfig wie diesen voller seltsamer Beats zu passen. Ärgerliche Reibungen würde ich nicht zugeben.

„Nun, reden wir nicht mehr über diese Sache, die ihm nicht zu gefallen scheint. Wie geht es Betty?

„Ich denke, wenn du sie heute Nacht ausruhen lässt, wird sie viel gewinnen. Ich glaube, Sie haben nicht die Ohren, Ihrem Werben mit Gelassenheit zuzuhören.

„Ruh dich für meinen Teil aus. Unten sind sehr hübsche Mädchen, mit denen ich gerne die Zeit totschlagen kann ... Willst du mit mir anstoßen? Da Sie mich früher zur Bestellung angerufen haben, werde ich meine Unhöflichkeit korrigieren.

Stuart füllte ihre Gläser, indem er ihm eins anbot. Dann kollidierte das Glas.

"Für die suggestivste und klügste Frau, die ich jemals im ganzen Westen getroffen habe", sagte Stuart.

"Für den einzigen Mann, den ich jemals interessieren würde, wenn er zu so etwas fähig wäre", antwortete Agnes.

„Danke. Das macht mich stolzer als alles, was Foot zu bieten hat.

„Du bist gut darin. Denn wenn Sie Ihre Flügel zu hoch heben, ist er ein guter Jäger und könnte Ihnen eine Unze Blei darin bieten. Trinken Sie nicht weiter, nur für alle Fälle.

„Danke für den Rat, den ich versuchen werde zu befolgen… Ah, eine Bitte! Wenn Sie etwas Seltsames beobachten, lassen Sie es mich wissen, auch wenn Sie mir einen Kuss mit den Spitzen Ihrer feinen Finger schicken, die wie zehn feine Schmetterlinge mit rosa Flügeln aussehen. Ich bin mir nicht bei allen sicher, bis Foot beschließt, mich offiziell seinen Männern vorzustellen.

„Nun, ich werde aufpassen.

Sie stiegen ins Wohnzimmer hinab. Dieser, vollgepackt mit Publikum, war mitten im Strudel. Das Roulette-Rad war in vollem Gange und ein aufregendes Pharao-Spiel hatte sich etabliert, wobei die Kundschaft nach den aufregenden Spielen Ausschau hielt. Vielleicht aus diesem Grund blieb Stuarts neuer Auftritt fast unbemerkt, und nur wenige bemerkten das Paar, als sie die prächtige Treppe hinabstiegen.

Als sie den Salon erreichten, sah sich Stuart um und bemerkte, dass die Mädchen alle mit verschiedenen Kunden verlobt waren. Er änderte seine Meinung und beschloss, sich im Roulette zu versuchen. In dieser Nacht hielt er sich für einen Glückspilz und wollte sehen, wie weit es gehen würde.

Er stellte sich hinter die Punkte, die die Plätze belegten, und begann, die ausgetauschten Chips zu platzieren. Fortune, wie er vertraute, fing an, ihn anzulächeln, und eine halbe Stunde später verdiente er ein paar hundert Dollar.

Agnes, von einigen guten Kunden belagert, setzte sich mit ihnen an den Tisch, den sie immer für ihren Gebrauch reserviert hatte. Es war ein großartiges Observatorium, um die Drehtür im Auge zu behalten und jeden zu kontrollieren, der die Spielhölle betrat oder verließ.

Bis gegen ein Uhr seine Augen ein besonderes Funkeln annahmen, als er drei gerade eingedrungene Nachzügler entdeckte. Es waren Jessup und seine beiden Gefährten, und so wie sie sich im Raum umsahen, besonders der erste von ihnen, vermutete er, dass ihre Anwesenheit dort nicht zufällig war, sondern mit einer vorgefassten Absicht gekommen war.

Er bat seine Gefährten um Erlaubnis, stand auf und eilte zwischen den Tischen hin und her und schaffte es, an die Seite des Abenteurers zu gelangen, sehr belustigt, den launischen Wendungen der Elfenbeinkugel zu folgen. Sie stupste ihn am Ellbogen und murmelte:

„Stuart, hör auf zu spielen und behalte die drei Typen im Auge, die in der Nähe der Tür stehen. Sie gehören zu Foots Gang und ich kann mir nicht sagen, ob ihr Besuch zufällig oder vorsätzlich ist.

„Danke. Mein Herz hat mir gesagt, dass so etwas passieren könnte. Keine Sorge, sie werden mich nicht überraschen.

„Seien Sie vor allem vorsichtig, wenn der Größte in der Mitte der Gruppe ist. Sein Name ist Jessup und er ist einer der gefährlichsten und skrupellosesten Männer der ganzen Gang.

Sie ging beiläufig um den Tisch herum, als ob sie daran interessiert wäre, die Ereignisse des Spiels im Auge zu behalten, und als sie den Tisch verließ, ging sie auf die Tür zu, als hätte sie die Anwesenheit der drei Unerwünschten nicht bemerkt.

In diesem Moment trennten sich Jessups zwei Gefährten von ihm und nahmen ihre Plätze an einem gerade frei gewordenen Tisch ein, während Jessup im Stehen mit seinen grauen und bösen Augen durch den Raum wanderte, als versuche er selbst herauszufinden, wer er war und was wo war der, den er suchte.

Agnes, lächelnd und gelassen, nachdem sie dem Fremden die Nachricht gegeben hatte, ging auf Jessup zu und fragte ihn, ihn anstarrend:

„Hallo Jessup, was machst du da so durchgedreht? Findest du keinen Platz, wo du es dir bequem machen kannst?

„Interessiert dich das sehr, Agnes?

„Nein, aber ich denke, wenn du in deinem Bett wärst, wärst du viel besser als hier. Die Kälte, die heute Nacht weht, ist für bestimmte Temperamente wie Ihres sehr gefährlich.

„Meine Knochen sind sehr hart gegen solche Temperaturen, Agnes, das solltest du wissen. Nicht einmal Blei, das mit einer tückischen Hand gehandhabt wird, kann mich so fertig machen wie bei Fred.

„Je nachdem, woher du bläst und wie du bläst, Jessup. Du vergisst, dass Männer, die so dickköpfig sind wie du, besser als du, mit einer Waffe in der Hand und mit mehr Schlägerkartell auf unserem Friedhof leise liegen, auch Fred.

„Fred war dumm und betrunken. Ich bin schlauer und habe noch nichts getrunken.

„Ich war nicht betrunken, Jessup, das kann ich dir versichern, weil ich nachgesehen habe. Gehen Sie besser nach Hause oder besuchen Sie andere Orte, die fröhlicher sind. Ich glaubte nicht, dass Foot in der Lage war, Dinge zu erfinden, die ihn in den Augen der Leute diskreditieren würden.

Der Schütze sträubte sich und antwortete:

„Zur Hölle, Foot! Es hat nichts damit zu tun, das ist meine persönliche Angelegenheit. Jemand hat Fred getötet, der mein Freund war, und ich möchte wissen, wo er ist und ob er mir dasselbe antun kann.

„Genügt es Ihnen, dass ich Ihnen versichere, dass ich dasselbe tun würde? Sie wissen bereits, dass ich Männer gut kenne und weiß, was fast alle von ihnen aus sich geben können. Nachdem ich gesehen habe, wie „Ihr Freund" gefallen ist, kann dir versichern, ich wusste nicht, dass du ihn jetzt so sehr liebst, dass er dich nicht mehr überschatten kann

Jessup, irritiert von der durchdringenden Ironie von Agnes, die er für ihren Hochmut und ihre Aggressivität hasste, knurrte:

„Wovon redest du, neu gestrichener Papagei? Geh den Männern aus dem Weg und halte dich von ihren Sachen fern. Sie führen Foot in die Irre, und wenn ich Freds Position einnehme, denke ich, dass die Sache damit enden wird, dass Sie der einzige sind, der nicht wie die anderen tradet.

Agnes antwortete wütend:

„Wenn ich ein Mann wäre, hätte ich dich geohrfeigt oder dir ein Gramm Blei in den Mund gesteckt, um deiner Prahlerei ein Ende zu setzen. Wenn Foot den schlechten Geschmack und das Taktgefühl hätte, dich zu seinem Stellvertreter zu machen, würde er ihm und dir verbieten, hierher zu kommen, und er würde keinen einzigen Pfennig bezahlen. Um mich zu verteidigen und mein Geschäft zu verteidigen, habe ich genug und ich bin genug. Oder denkst du, ich bin unbewacht und warte darauf, dass ein Typ wie du kommt und mich bedroht?

„Werfe keine Herausforderungen, denn ich gebe sie nicht zu, verdammt deine alten Knochen", brüllte Jessup entnervt. Ich bin gekommen, um diesen Kerl zu töten, um Fred später zu ersetzen, und wenn ich ihn in die Hölle geschickt habe, werden wir sehen, ob Foot weiterhin albern ist und Sie nicht zwingt, etwas beizutragen. Sie werden eine Menge Ärger mit uns allen haben, wenn Sie dies nicht tun.

„Ich fürchte, er hat keine, wenn du sie fragen musst. Wie willst du ihn töten, von hinten, wenn er schläft, oder soll er gefesselt sein, damit er dich beim Zeichnen nicht erschreckt?

„Ich mit denen? Ich bin zu ein Mann, um ihn von Angesicht zu Angesicht und ohne Vorteil loszuwerden.

„Und die beiden, die dich begleiten, was werden sie tun?

„Sie haben mit dieser Angelegenheit nichts zu tun. Sie werden auf jeden Fall nur Zuschauer sein, da ich sie eingeladen habe, dem Duell beizuwohnen.

„Ich kenne dich nicht, Jessup. Sind Sie wirklich bereit, sich wie ein Mann zu benehmen?

„Lass den Kerl aus dem Loch kommen, in dem er sich versteckt, und sein Gesicht zeigen. Dann zeige ich es dir.

In diesem Moment sagte Stuart, der mit dem Rücken gegen eine der Mittelsäulen und der Zigarette an der Lippe baumelnd vorgetreten war, mit frostigem Akzent:

„Geh weg, Agnes, nichts geht mit dir. Ich habe genug Mut und Unsinn gehört, um mich zu langweilen. Ich warte auf dich, Jessup.

Er sagte es laut und mit einem verletzenden Akzent. Die Kunden, die ihn hörten, drehten ihre Köpfe angespannt und dutzende Augenpaare fixierten das Paar.

Stuart, der sich leicht auf die Wirbelsäule stützte, hatte den linken Arm dagegen gelehnt, die Zigarette auf den dünnen, spöttischen Lippen ausgedrückt, der rechte Arm schlaff am Körper. Seine Augen besaßen ein seltsames Licht von Spott und Belustigung, und seine boshaften kleinen Lichter erzeugten bei Jessup ein unkontrollierbares Unbehagen und eine unkontrollierbare Wut, denn in seiner langjährigen Erfahrung als Schütze hatte er viele Augen betrachtet und geprüft, wenn es darum ging, sich zu verteidigen, und er kannte diese das war bösartig und spöttisch. sie machten ihre Besitzer furchterregender.

Dieser Moment des Zögerns schien ein spätes Zeichen des Bedauerns zu sein, so etwas wie eine Stimme, die ihn warnte, dass er jemanden überschätzt hatte, den er im Voraus nicht kannte und dass es am besten sei, sich zurückzuziehen.

Aber dafür war es zu spät. Nichts Demütigenderes für ihn als ein Rückzug vor so vielen Leuten, während sein Mund ein Haufen Drohungen und törichter Anmaßungen gewesen war.

Er musste den Typ halten und es gab keine andere Lösung. Er wusste, dass sein Feind auf seine kleinste Bewegung wartete, um ihn nachzuahmen, und er überlegte, ob er tatsächlich schneller sein konnte als er, der das Fohlen zog. Es waren kurze Sekunden, in denen er zögerte, obwohl es ihm wegen der Vielzahl von Überlegungen, die in so kurzer

Zeit stattgefunden hatten, wie ein Jahrhundert vorkam. Er musste diese dramatische Situation ein für alle Mal lösen und entschied sich schließlich.

Sein Arm beugte sich schnell zu seiner Taille und seine Finger hakten sich um den Kolben der Waffe. Sie wusste, dass sie, wenn sie einmal eingesperrt war, glatt herauskommen würde und es niemanden mehr geben würde, der ihren tödlichen Auswirkungen entgehen konnte.

Er tat es mit schwindelerregender Geschwindigkeit, obwohl es ihm schien, als hätte er endlose Minuten dafür gebraucht, aber als er die freie Bewegung ihrer Hand spürte, atmete er wilde Freude ein und beugte seinen Arm erneut, um zu feuern.

Alles war so schnell wie sein eigener Gedanke, der der Leistung seines Arms von Zeit zu Zeit zu folgen schien, und doch erreichte sie nichts. Als sich die Waffe zum Feuern richtete, spürte er, wie sein Arm zitterte, als wäre ein Loch darin explodiert, und die Hand schien unerwartet in ein glühendes Kohlenbecken eingedrungen zu sein. Er hörte eine Explosion, aber mit fernen Vibrationen, und dann noch eine. Diesmal spürte er in seinem Magen, als ob ein feuriger Pfeil eingedrungen wäre, bis er seine Wirbelsäule durchbohrte.

Und es fiel wie eine Masse, nachdem es mehrere Sekunden auf wundersame Weise aufrecht gestanden hatte, während es grotesk schwankte, bevor es fiel.

Diesmal gab es keine Rufe der Kunden, kein Gemurmel oder Kommentare. Nur ein gequältes und feierliches Schweigen, etwas, das die Kehlen packte und Gänsehaut durch das Mark jagte, denn alle hatten gesehen, wie der fremde Fremde sich gefährlich neu erschaffen hatte, indem er seinem Feind erlaubte, seine Hand an seine Seite zu legen, bevor er eine Bewegung machte.

Und doch war es schneller gewesen. Sein erstes Projektil war zweifellos vorsichtshalber auf die Hand seines Gegners gerichtet, zerstörte es und machte es für Angriffe unbrauchbar, da der Revolver in die Luft geschleudert wurde, und das zweite richtete es auf seinen Bauch. Tödlicher Schuss und er hatte sicher kein Entkommen.

Aber Stuart hatte kein Halfter. Er stand mit dem angespannten Fohlen da und wartete auf die Reaktion der beiden Gefährten des Toten, aber sie wagten, die Hände auf der Tischplatte ruhend und etwas blass vor Ergriffenheit, keine Bewegung zu machen.

Agnes wandte sich an sie und fragte:

„Was haben Sie jetzt vor?

Einer von ihnen antwortete:

„Geh und berichte dem Boss, was passiert ist. Wir sind nur gekommen, weil Jessup uns dazu gebracht hat. Foot hat sich nicht eingemischt, denn er sagte ihm, er solle bis morgen warten, damit er das Duell loyal arrangieren würde. Jessup wollte Fred ersetzen und gab ihn nicht als Zweiter zu.

„Nun, dann mach weiter und erzähle ihm, was passiert ist. Es ist besser für alle.

Und die beiden bewaffneten Männer verließen das Gelände, beobachtet von "der kalifornischen Schönheit" und von Stuart, der sie nicht aus den Augen verlor, bis er sie verlassen sah.

KAPITEL VII

EINE GEFÄHRLICHE FRAU

Agnes war nicht bereit zuzulassen, dass ihr Haus zum Vorraum oder Lagerraum des Friedhofs wurde, also befahl sie ihren Männern, Jessups Leiche zu nehmen und aus dem Gelände zu entfernen. Er hatte Freds Leiche schon aus Rücksicht auf seinen Freund Foot behalten, aber der Fall konnte nicht wiederholt werden. Es genügte, dass die Männer dieses und einige andere Male mitten durch den Raum geschossen wurden, das Parkett befleckten und die Folgeschäden verursachten.

Als das Lokal wieder gesäubert wurde, bemerkte Stuart, der die Shows bemerkte, die er im Lokal gegeben hatte:

„Ich fürchte, ich sollte nicht viel hierher kommen, Agnes. Ich mache ihm einige Unruhen und der Teufel weiß genau, dass das weder meine Absicht war, noch dass ich sie zum Vergnügen verursacht habe.

„Keine Sorge", sagte sie und lachte sarkastisch, „Szenen wie diese haben sich in diesem Haus viele entwickelt, wie auch in anderen seiner Art. Es ist eine Hommage, von der wir nicht ausgenommen sind, obwohl ich zugeben muss, dass ich es nicht hatte schon lange jemanden gesehen, der sich wie eine Eidechse auf dem Boden windet, und er hatte auch nicht nach Schießpulver gerochen.

Stuart, der weitere Vergeltungsmaßnahmen von Foots Gang befürchtete, sagte:

„Ich denke, das Beste, was ich tun kann, ist zu gehen. Ich werde verhindern, dass sich diese Ereignisse wiederholen.

Sie nahm ihn bei den Schultern und sagte:

»Beeilen Sie sich nicht, Stuart. Setzen Sie sich und trinken Sie etwas.

Sie führte ihn zu ihrem Tisch, wo sie ihn dazu brachte, sich zu setzen, während sie ihnen befahl, ihm etwas zu trinken. Dann entschuldigte er sich für einen Moment und ging zu Boden.

Es war schon sehr spät und der Lärm im Wohnzimmer ließ allmählich nach. Agnes ging ins Schlafzimmer, wo sie Betty zurückgelassen hatte. Sie lag noch immer auf dem Bett von "California Beauty" und wirkte weniger nervös.

„Wie fühlst du dich, Mädchen?", fragte Agnes.

„Gut, ziemlich gut. Ich glaube, ich bin in der Lage, aufzustehen und zurück zu ...

„Unnötig. Es ist zu spät, Betty.

„Ist da unten etwas passiert? fragte das Mädchen ängstlich.

"Warum fragst du?

„Nun … weil ich dachte, ich hätte Schüsse gehört und …

„Mach dir keine Sorgen. Es war ein kleiner Kampf der vielen, die provoziert werden. Ich denke, wenn du fit bist, kannst du nach Hause gehen. Es ist schon sehr spät und es lohnt sich nicht, für eine halbe Stunde ins Zimmer zurückzukehren room .

"Wenn Sie es nicht für bequem halten …

„Ja, das ist besser für deine Nerven.

Das Mädchen stand auf. Sie war immer noch blass und schlaff vor Emotionen. Während sie ihr unordentliches Haar reparierte, stellte sie eine Frage:

„Glauben Sie, dass … diesem Mann etwas zustoßen wird, weil er in … eingegriffen hat?

„Mach dir keine Sorgen um ihn, Betty, und vergiss ihn. Ich habe diese Angelegenheit bereits mit Foot geklärt und es wird nichts passieren, aber … Ich denke, es ist in Ihrem besten Interesse und für alle, von diesem Mann nicht allzu beeindruckt zu sein. Du weißt, ich mag keine Mädchen für mein Geschäft, die sich von einem Mann hemmungslos dominieren lassen. Abgesehen davon, dass sie abgelenkt sind und ihre Mission nicht mit Freude und ohne sentimentalen Zwang erfüllen, hat der Druck, den sie auf dich ausüben, den Nachteil, dich zu hemmen und meinem Geschäft zu schaden.

»Ich hoffe, Sie verstehen, was ich Ihnen empfehle, denn ich schätze Sie und würde das Gefühl haben, auf Sie verzichten zu müssen, wie auf andere, die Sie bereits kennen.

Betty antwortete stammelnd:

„Ja, ja, Ma'am. Ich merke es und ich werde versuchen, ihr zu gefallen.

„Das ist sehr vage. Zu versuchen bedeutet nicht, sicher zu sein, es zu tun. Lassen Sie sich nicht beeindrucken und machen Sie so weiter wie bisher. Du weißt, dass ich als Frau dich gut zu behandeln weiß und nirgendwo sonst so verwöhnt wirst wie ich. Abgesehen davon, dass es hier keinen Besitzer gibt, der versucht, sich Ihnen aufzudrängen. Passen Sie auf Ihren Job auf, wenn Sie nicht dumm von einem zum anderen rollen wollen.

Betty beendete die Ordnung ihrer Kopfbedeckung ein wenig und wollte gehen. Als er auf die Galerie gehen wollte, um in die Spielhölle hinunterzugehen, griff Agnes ein, versperrte ihm den Weg und warnte:

„Nein, nicht dort. Geh auf diese andere Weise raus, denn sie brauchen dich nicht zu sehen. Sie glauben besser weiterhin, dass du dich von den Emotionen ausruhst.

Betty schien mit der Bestellung nicht sehr zufrieden zu sein. Er hätte Stuart gern wiedergesehen, wenn auch nur beiläufig, und ihm für sein mutiges Eingreifen gedankt, aber nach Agnes' Warnungen wagte er nicht zu rebellieren.

Demütig ging er durch die Tür, die durch einen Korridor mit der reservierten Treppe verbunden war, die von der Spielhölle isoliert war. Agnes, zu besorgt, begleitete sie zur Tür und riet ihr:

„Packen Sie sich gut ein, denn die Nacht ist zu kalt geworden. Wenn es dir morgen nicht gut geht, lass es mich wissen und du kannst dir ein paar Tage frei nehmen. Ich werde dir das Gehalt zahlen, als ob du gehandelt hättest und mit den anderen werde ich mich gut arrangieren können.

„Vielen Dank, Sie sind sehr nett, aber mir geht es nicht schlecht. Der Schrecken ist vorbei und ich kann morgen auftreten.

„Was immer du willst. Auf Wiedersehen, Betty.

Agnes nahm das Versprechen zweideutig an und stand an der Tür und sah ihr nach, bis sie im Schatten der Straße verschwand. Als sie sicher war, dass er nie wiederkommen würde, ging sie wieder in ihre Zimmer, betrachtete sich im Spiegel, ordnete kokett ihr lockiges Haar, ordnete sorgfältig ihr Make-up, obwohl es sich nicht zersetzt hatte, und ging die Galerietreppe wieder hinunter in die Galerie Höhle.

Wegen dieses katzenartigen Manövers hatte Stuart nichts von Bettys Abreise gehört und hoffte, das Mädchen zu sehen, wenn sie ging. Aus diesem Grund nahm er Agnes Einladung an und blieb trotz der späten Stunde.

"The Californian Beauty" setzte sich neben ihn und lud ihn ein, noch einmal zu trinken. Er unterstützte ihn, indem er sein Glas hob, um auf ihn anzustoßen, und er unterhielt ihn geschickt, während die Kunden nach und nach vorbeimarschierten, bis nur noch die Nachzügler übrig blieben, denen es notwendig war, die Schließung zu warnen.

Es war früher Morgen, als Stuart müde aufstand und sagte:

„Ich muss gehen, Agnes. Ich bin erschöpft.

Sie lächelte andeutend und kommentierte:

„Ja, du siehst ein wenig müde aus, Stuart, und du solltest dich ausruhen. Warten Sie einige Minuten.

Er sah sie erschrocken an. Dieses plötzliche Vertrauen in ihn schien höchst verdächtig und er war auf der Hut.

Agnes rief den Manager an und gab ihm den Befehl, zu schließen. Dann wandte er sich an Stuart und flehte:

„Möchtest du mich kurz nach oben begleiten?

Stuart zögerte. Es fühlte sich an, als würde er mit übertriebenem Selbstbewusstsein nach vorne treten und sich in einem subtilen Geflecht verfangen, das ihn zurückhielt.

Er wollte sich gerade weigern, aber dann nahm er an, da er glaubte, ihn nach oben einzuladen, um sich von Betty zu verabschieden. Er fühlte eine besondere Anziehungskraft auf das Mädchen und würde gerne wissen, ob sie sich beruhigt habe. Vielleicht wollte Agnes ihn bitten, sie zu begleiten, und das wäre nett zu ihm.

Als sie den Schrank erreichten, deutete Agnes auf einen Sessel und sagte:

„Setz dich und trink einen Drink. Das wird dich stärken.

Wieder verursachte dieses Tuteo ein schlechtes Gewissen im Ohr. Er wurde langsam alarmiert und beschloss, den Platz nicht anzunehmen. Er füllte nur das Glas und sagte:

„Mir geht es gut auf meinen Füßen. Sag mir, was du willst, Agnes.

Sie versuchte ihre Wut zu verbergen und fragte:

"Wie gewalttätig bist du neben mir?" Ich glaube nicht, dass ich ein Mensch bin, der Kinder roh isst.

„Ich bin vor langer Zeit von Kindheit an gestorben, Agnes. Ich habe keine Angst vor Frauenzähnen.

„Wovor hast du denn Angst vor ihnen?

„Zu seinen Lippen.

„Sehr galant. Ich fand es am wenigsten beängstigend.

„Ich. So oft ich mich von ihnen verführen ließ, so oft, dass ich kurz vor dem Scheitern stand. Wenn ich in normalen Zeiten misstrauisch war, ist dies nicht die beste Zeit, um die gelernten Lektionen zu vergessen.

„Heißt das auf hinterhältige Weise, dass du mich für dich unattraktiv findest?

Er verstand, dass hinter der Frage eine versteckte Bedrohung steckte und viele Gedanken mit Blick auf die Zukunft durchkreuzten seine Vorstellungskraft. Er hatte sehen können, was diese Frau in San Francisco wog, besonders unter den Unterweltmenschen, und genauer gesagt in Foots Geist, und er wollte sich nicht als Feindin und boshafte Frau vor sie stellen. Sie konnte ihm vielleicht noch von Nutzen sein, bis sie eine von aller Angst befreite Macht war, und er reagierte schnell, indem er auf sie zuging.

„Hör zu, Agnes; ich lüge dich nicht an, wenn ich dir sage, dass ich in dir die größten Reize finde, die ich bei wenigen Frauen gefunden habe. Vom ersten Moment an habe ich geglaubt, dass du in diesem Sinne eine Ausnahme von der Regel bist und du hast mich angezogen wie wenige andere, aber ich möchte, dass du mich verstehst. Ich kenne mich selbst. Wenn mir hübsche Augen über den Weg laufen und ich mich von ihnen blenden lasse, bin ich ein verlorener Mann, zumindest bis ich aus dem erwache Ich tue nichts nach rechts und vergesse sogar, dass zwei Schritte von mir entfernt die Münder einiger Hengstfohlen darauf warten, dass ich die Leine von meinem Rücken treibe.

"Ich hatte die Gelegenheit, dich zu studieren und bin zu dem Glauben gekommen, dass du mich in den Wahnsinn treiben könntest, was mir bei Frauen nie gefehlt hat, aber dieses Mal sagt mir der Instinkt, dass ich warten soll. Ich verachte dich nicht, im Gegenteil." , ich denke, wir würden ein ausgezeichnetes Paar Dämonen in dieser Hölle voller Flammen abgeben, aber ich möchte, dass wir sie bilden, wenn wir über ihren Kesseln sind und keine Angst zu haben ist, dass wir uns darin verbrennen.

„Ich bin mit einem entschlossenen Ziel gekommen, das ich nicht umsonst aufgebe. Gib mir die genaue Zeit, um San Francisco mit meinen eigenen Mitteln zu erobern, und wenn ich der Besitzer davon bin ... öffne deine Arme und schließe sie, um mich nicht loszulassen, aber lass die Revolver, die jetzt mein Leben bedrohen können sei ihr Schutz. Dann wird es mir nichts ausmachen, meine Augen zu schließen und nicht zurückzublicken, weil ich weiß, dass mich nichts bedroht.

Sie hörte ihm angespannt zu und starrte ihn an. Sie hatte ihn für einen seltsamen Mann gehalten, aber er fand es mehr, als er dachte, und bei dieser stillen, aber intensiven Untersuchung schien er ihn bis auf den Grund seiner Seele zu durchbohren, um zu wissen, ob er ihn anlog oder wirklich sprach ... mit grober Aufrichtigkeit.

Schließlich antwortete er:

"Hör zu, Stuart; ich bin eine Frau, die alle menschlichen Leidenschaften überflogen hat, weil ich nie den außergewöhnlichen Mann gefunden habe, der die verborgene Saite der Sentimentalität in mir vibrieren lassen würde. Es gibt viele hier, die glauben, sie seien außergewöhnlich, weil sie wild sind." und blinde Bestien, die wissen, wie man mit einem Revolver umgeht und glauben, dass dies die größte Ausnahme ist.

Nein, das ist es nicht, und ich wurde nie bewegt. Der Mann, nach dem ich mich gesehnt habe und den ich nicht finden konnte, muss andere seltsame Eigenschaften haben, die ich in wenigen Stunden in dir gefunden habe, und du bist derjenige gewesen, der angekommen ist, als ich des Wartens müde war. Ich möchte, dass Sie das erkennen und aufrichtig mit mir sprechen und mich nicht täuschen.

Ich kann viel für dich und gegen dich tun, aber ich bin ein treuer Freund oder Feind. Ich möchte, dass Sie gleich sind und wissen, auf welcher Ebene wir uns vereinen oder kämpfen können. Sie sind pünktlich und müssen entscheiden.

Unbeeindruckt von der Drohung antwortete er:

„Ich habe dir gesagt, was ich zu sagen hatte, Agnes. Im Moment wünschte ich, ich hätte keine anderen Komplikationen als die, die die Umgebung für mich verursachen könnte. Lassen Sie mich sie lösen, ohne mich mit Dingen zu beschäftigen, die mich ablenken würden. Wenn alles vorbei ist, werden wir darüber sprechen.

„Schon gut, Stuart. In diesem Fall geh weg. Diese Tür steht dir jederzeit offen, wenn du kommen willst. Ich hoffe, ich muss dir nie etwas anderes sagen.

„Keine Sorge, Süße, du wirst es mir nicht sagen", sagte er.

Er kam herüber und gab ihr einen Kuss. Dann trat er mit einem sanften Gruß zurück und sagte:

„Ruhe dich aus, Agnes, und bis morgen.

Er ging durch den reservierten Teil des Joints. Agnes folgte ihm mit strahlendem Blick, bis sie ihn verschwinden sah, dann sank sie mit angespannter Miene in den Stuhl zurück.

Sie füllte das gleiche Glas, in das Stuart getrunken hatte, mit Whisky, trank es in kleinen Schlucken aus und gab sich einem zischenden Monolog hin, in den sie ohne Zeugen all die Kraft und den Willen steckte, von dem sie besessen war.

"Ich mag ihn", sagte er, "ich mag ihn, weil er nicht wie jemand aussieht, mit dem ich bisher zu tun hatte. Ich mag es und ich werde nicht zulassen, dass es mir jemand wegnimmt. Ich weiß nicht, ob er will." um mich zu täuschen oder aufrichtig zu sprechen.. Wie dem auch sei, ich bin eine Frau, die nicht aufgibt, wenn sie sich nach etwas sehnt, und wenn sie versuchen würde, mit mir zu spielen ... wie Agnes ich heiße, würde sie es tun erinnere dich für immer an mich. Ich bin eine Frau, aber mit Mut und Grausamkeit gewinnt mich niemand. Ich würde ihm das Leben schwer machen und ... ich bin sogar in der Lage, ihn trotz seiner Beherrschung der Waffen zu töten. "

Und das Glas klatschend werfend, ging er in sein Schlafzimmer, um sich eine Ruhe zu gönnen, die in dieser Nacht mehr sein sollte als Ruhe, eine schreckliche Unruhe.

* * *

Als Stuart am nächsten Tag aufwachte, war er extrem durstig und hatte einen trockenen, rauen Gaumen. Er hatte mehr getrunken als sonst und die Emotionen, die er letzte Nacht erlitten hatte, hatten seinen Tribut gefordert.

Er versprach, das Getränk in Zukunft nicht zu missbrauchen. Zu einer Zeit, in der seine Zukunft auf einer sehr unentschlossenen Karte aufs Spiel gesetzt wurde, reichten die Dinge nicht aus, um eine Abnahme seiner Fähigkeiten zu sehen.

Das Wasser im Messingkrug war eiskalt. Die Nacht war hart gewesen und die Flüssigkeit beschuldigte ihn. Er füllte das Becken und schlug sich hart. Die Kühle des Wassers gab ihm einen Teil seiner Energie zurück.

Und mit ihnen kam ihm vor allem die Gestalt der Agnes in den Sinn.

Was für eine seltsame Frau! Er "murmelte". Es wäre schön, wenn er wirklich in mich verknallt wäre! Es ist eine Kontingenz, an die ich nicht gedacht hatte und in der ich jetzt sorgfältig nachdenken muss. "

Er hatte so lange in so kurzer Zeit gelebt, dass er den Wert dieser flüchtigen Abenteuer kannte, aber er kannte auch gewisse Temperamente, die zu gefährlich waren, um leichtfertig abgetan zu werden, wenn es darum ging, die Konsequenzen zu berühren.

Und er war nicht bereit, sein Leben an "California Beauty" zu ketten, weil er sie für ein zu starkes Gericht für seinen zarten Magen hielt. Sie war eine zu weise und eigensinnige Frau, die ihm sein leichtfertiges Dasein komplizieren konnte, und was er jetzt brauchte, war Handlungsfreiheit, die Freiheit, nach Belieben zu manövrieren und seine ehrgeizigen Pläne zu verwirklichen.

Zu diesen Überlegungen mussten weitere hinzugefügt werden. Er war sich sicher, Foots Gang beizutreten, und konnte nicht ignorieren, dass Foot in Agnes verknallt war. Wenn sie, aus welchem Grund auch immer, herausfand, dass er ihren Weg gekreuzt hatte, selbst ohne es zu beabsichtigen, würden die Dinge zu kompliziert werden und es könnte für beide ein schlechter Dienst sein.

Und schließlich, ohne es zu merken, erinnerte er sich an Betty. Dies war in der Tat eine Frau, die ihn aus freien Stücken anzog und nicht durch die Launen anderer. Sie verachtete nicht, dass sie vielleicht aus moralischen Gründen weder besser noch schlechter war als Agnes, aber es war eine ganz andere Sache. Eine Frau, die sich dominieren lassen würde, aber nicht versuchen würde, ihn als "California Beauty" zu dominieren.

Er musste Positionen klären. Wenn die Sache nicht größer wurde, hätte er nichts einzuwenden, aber wenn sie weitergehende Berechnungen angestellt hätte, wäre der Fall falsch, ihre Beziehungen zu harmonisieren. Er wusste, was sie als boshafte Frau wiegen konnte und hatte unter solchen Umständen mehr Angst vor einer Frau als vor einem Mann mit einem Fohlen in der Hand.

Schließlich zog er sich an und ging hinunter zum Frühstück ins Esszimmer. Danach ging er auf die Straße, schlenderte zum Liebkosen der Morgensonne, und ohne es zu merken, betrat er instinktiv die Hauptstraße.

Agnes' Joint wurde geschlossen. Er war froh und versuchte vorbeizukommen. Bis dahin würde er nachts Zeit haben, nachzudenken und eine Entscheidung über Agnes zu treffen.

Aber er war kaum ein paar Schritte vorangekommen, als er sie auf den falschen Gehwegen klopfen sah. Sie trug ein knalliges rosa Kleid mit großen Rüschen und Rüschenärmeln, die eng an den Handgelenken anschmiegten, und der hohe Spitzenkragen passte ihrem immer noch wohlgeformten Hals.

Ihr Haar bedeckte sie mit einem Hut mit sehr hoher Krempe vorn und seitlich fallend, der mit einem Seidenband an ihren Hals angepasst war, während ihre Hände, die die Seidentasche balancierten, bis zum Ellbogen bedeckt erschienen die Fäustling Handschuhe aus Spitze.

Obwohl sie kein Mädchen mehr war, war sie immer noch attraktiv und auffällig. Sie war eine weise Frau, die es verstand, ihren reifen Charme mit Unfug und Vornehmheit zu unterstreichen.

Als sie Stuart entdeckte, lächelte sie anmutig und er reagierte genauso auf das Lächeln, näherte sich ihr und entdeckte sich selbst komisch.

"Darf mir die Königin von San Francisco erlauben, Ihre Hand zu küssen?"

„Ich mag Küsse schmackhafter, Stuart.

„Wir würden in dieser bescheidenen Stadt einen Skandal verursachen, wenn ich es wagen würde, dich mitten auf der Straße auf den Mund zu küssen. Sollen wir es aus Datenschutzgründen belassen?

„Wir werden es für deine Zeit aufheben, Stuart.

„Oh, das lässt mich vor Aufregung schaudern. So eine ruhige und unterwürfige kleine Frau einem Mann gegenüber; Aber sag mir, bist du gekommen, um durch die Straßen der wilden Stadt Herzen zu brechen? Denn du wirst mir nicht sagen, dass du ein so guter Devotee bist, dass du von der Messe kommst.

„Ich werde an dem Tag, an dem ich es mit deinem Arm tue, in die Kirche gehen.

„An diesem Tag müssen sie die Tür der Kathedrale aufweiten, damit wir passieren können. Ich werde darüber nachdenken, ihnen zu empfehlen, die Tür zu verbreitern. Woher kommst du, Süße?

„Um für deine Sache zu arbeiten, Liebes. Ich musste letzte Nacht aufräumen und wissen, was Foot dachte. Ich war mir nicht ganz sicher, ob er nicht in die Jessup-Affäre verwickelt war und wollte das klären. Zum Glück ist alles fertig. Jessup war den Ereignissen voraus und es lag an ihm, nichts mehr zu tun.

„Freut mich zu hören… für uns beide.

„Sie werden auch froh sein zu hören, dass Foot beschlossen hat, Ihnen Freds Position zu geben und Sie in einer Stunde erwartet, um Ihre Präsentation vor seinen Männern zu halten. Ich dachte daran, in Ihr Hotel zu gehen, um es Ihnen mitzuteilen.

„Bist du gegangen, um ihn darum zu bitten?" fragte er mit rauer Stimme.

„Ich schwöre, dass ich das nicht tue. Es wurde von ihm seit gestern Abend beschlossen, dir diese Position zu geben. Ich ging nur, um sicherzustellen, dass es keinen Betrug gegeben hat.

„Das ist etwas anderes, und ich weiß Ihre guten Dienste zu schätzen, aber ich mag es nicht, wenn Frauen meine Babysitter werden.

„Du scheinst zu stolz zu sein, Stuart, und vergisst, dass eine Frau, besonders wie ich, stark ist.

„Ich habe meins und für diese Dinge reicht es mir, Agnes. Wenn Sie wollen, dass wir gute Freunde sind, halten Sie sich aus meinem Geschäft heraus. Du würdest mich in den Augen dieser Menschen erniedrigen und gleichzeitig dein Leben verkomplizieren, was ich nicht will, weil ich dir keinen Schaden zufügen möchte.

"Warum wollte er sie komplizieren? Jetzt haben Sie eine gute Position erreicht und

...

„Das reicht mir nicht, ich habe es dir schon gesagt. Ich strebe danach, so viel zu sein wie jeder andere, und die Tatsache, dass ich diesen Schritt ausnutze, um ihn zu erklimmen, bedeutet nicht, dass ich mitten auf der Leiter aufhöre Ich werde nach oben klettern, denjenigen schubsen, der oben ist, und ich werde halten oder fallen, aber ich werde nicht auf halbem Weg sein.

„Was meinst du, du eitel?

„Dass ich Foot nicht mehr wertschätze als das, was sie als absolute Besitzerin von etwas haben muss. Ich strebe an, ihn um einen Tag mehr oder weniger zu ersetzen, und deshalb möchte ich, dass Sie an der Seitenlinie bleiben. Du würdest in den Kampf verwickelt sein und es fühlen. Du scheinst zu vergessen, dass er viel für dich empfindet und dass, wenn er den Verdacht hat, dass du für mich empfindest und ich es erwidere ... ist dir klar, dass viele Dinge passieren können und keine für alle angenehm sind?

„Das macht mir keine Sorgen. Wenn ich etwas wollte, habe ich dafür gekämpft, ohne die Konsequenzen abzuwägen.

„Das ist sehr heroisch, aber es hat seine Nachteile ... Ich denke, dass es im Moment besser ist, die letzte Nacht zu vergessen und viele Dinge zu verschieben und auf Ereignisse zu warten, ohne sie zu komplizieren.

„Vergiss es? Nein. Verschieben? Na ja, aber nicht für Foot ... für dich, wenn dich das interessiert.

„Ich interessiere mich, weil ich den Moment wählen möchte, um ihm zu zeigen, dass mir seine Macht, sein Ruhm und sein Mut sehr egal sind.

"Sei nicht eitel. Du bekommst Dinge, die ...

„Das habe ich nicht gesucht, das ist die Wahrheit", widerlegte er, „und deshalb möchte ich nicht mehr Verantwortung übernehmen als die, die ich für mich selbst suche und nicht für andere.

Agnes verhärtete die Züge ihres hübschen Gesichts.

Lange Zeit hatten ihn Dutzende von Harten und Weichen, Kühnen und Schüchternen, Reichen und Armen ungerührt von Bitten, Geschenken und Drohungen belagert und sie trocken und furchtlos verachtet.

Und in diesem Moment, als er sich von der Anziehungskraft dieses abenteuerlustigen Typs beeinflussen ließ, den er kaum kannte, der aber die unwiderstehliche Anziehungskraft besaß, seinen Stolz und seine Sturheit zu meistern, war er hochmütig, trocken und hart, verachtend oder beschimpfend jene beginnende Leidenschaft, die seine Brust zu brennen begann und für die viele Männer ihr Leben und ihr Vermögen zu seinen Füßen gelegt hätten.

Wütend ging sie auf ihn zu und antwortete:

„Wenn es dich nicht interessiert, warum diese Komödie gestern Abend? Warum hast du mich glauben lassen, dass ...?

Als er merkte, dass es sie wütend machte und es ihm nicht bequem war, wurde er weicher und antwortete:

„Klettern Sie nicht auf den Baum und interpretieren Sie meine Worte auf eine Weise, die nicht der Wahrheit entspricht. Es wird schwierig für Sie sein, mich zu verstehen, aber es hängt von Ihrem Verständnis ab, dass Sie es tun können. Ich möchte Ihnen sagen, dass ich meine Bewegungsfreiheit für nichts und niemanden verkaufe. Außerhalb meiner persönlichen Leistung, in den Stunden, in denen ich nichts für mich habe, gebe ich zu, was Sie wollen, aber nicht mehr als dann.

»Ich möchte wissen, dass ich keine Last auf dem Rücken trage, die mir schaden könnte, da die Sorge, mich von vorne verteidigen zu müssen, reicht. Momentan interessiere ich mich für Foots Freundschaft und für seinen Beitritt zu seiner Gang; Ich muss die Umgebung gut kennen, um zu wissen, wohin ich mich bewegen soll. Später, wenn ich ihn nicht brauche, wird es Zeit, mit ihm zu streiten und zu sehen, wer von beiden mehr Kraft hat, aber wenn Sie es erschweren, verliere ich alle Möglichkeiten, und um sie zu verlieren, wird es reichen für enough dass er wütend auf dich ist und mich mitnimmt. zwischen den Augen. Willst du es sofort verstehen?

Agnes schien durch diese zweideutige Erklärung beruhigt und antwortete:

„Du meinst, was dich interessiert, ist, dass unsere Freundschaft ein Geheimnis bleibt ... vorerst.

„Gerecht. Und dass Sie mich in den Augen der Menschen so behandeln, wie Sie jeden anderen behandeln würden. So kann ich mich frei bewegen und vermeide, Ereignisse vorwegzunehmen.

„Nun, wenn Sie das sagen wollten, werde ich auf Ihr Wohl warten können, aber wenn Sie meine Hilfe brauchen, zögern Sie nicht, mich zu fragen.

»Ich möchte, dass Sie in Ihren Projekten erfolgreich sind und das werden, was Sie in San Francisco anstreben. Sie haben mich gerade deshalb interessiert, weil Sie ein ehrgeiziger und kämpferischer Mann sind, für den es keine Grenzen gibt, und Sie würden mich enttäuschen, wenn Sie auf halbem Weg stehen bleiben würden.

"Dann rede nicht mehr. Ich werde in meinem Gasthof weitermachen, ich werde dich nachts als einen weiteren Gast im Laden sehen, um keinen Anlaß zu Klatsch zu geben, den Foot zum Nachteil beider aufgreifen könnte, und wenn es soweit ist , denken wir an die Zukunft.

„Okay, Stuart. Jetzt geh zu Foot, der zu Hause auf dich wartet, Third Street, links, das letzte Haus.

Stuart atmete erleichtert auf, als er sich weit vom Gelenk entfernt wiederfand.

Der Instinkt sagte ihm, dass dies eine gefährliche Falle für ihn war und dass er eines Tages wie der vulgärste aller Vögel darin gejagt werden würde, wenn er keinen Weg finden würde, ihre goldenen Balken loszuwerden.

KAPITEL VIII

EIN ERFÜLLTER BESUCH

Das Arrangement von Stuart und Foot bereitete keine größeren Komplikationen. Nach den außergewöhnlichen Taten des ersten war kein Mitglied der Bande geneigt, die Zulassung des Abenteurers in dem Maße abzulehnen, wie es ihm der Anführer verliehen hatte, und Foot war zufrieden, einen so harten und schnellen Mann an seiner Seite zu haben, das würde ein solider Garant für Ihre persönliche Sicherheit und Ihre Zukunftspläne sein.

Er nahm ihn in dieser Nacht persönlich mit, um die ihm zugewiesene Demarkation zu besichtigen. Er traf Spielhöllenbesitzer, misstrauische Typen, mit denen man vorsichtig sein musste, er bekam die Namen der rauesten Elemente, die in San Francisco los waren, hartnäckig, wenn auch im kleinen Rahmen, in derselben Umgebung wie er zu arbeiten. und Fritt hatte ihre Lehen gefestigt, und bald hatte er die gesamte Organisation in seinen Händen und er wusste um den enormen Goldstrom, der täglich in die Hände seines neuen Chefs floss.

Zehn Prozent des Gesamteinkommens hatte er ihm zugewiesen. Wenn man bedenkt, dass die Besatzung sechzehn war und Foot der Boss war, der seine schöne Hälfte bekam, war sein Auftrag nicht zu vernachlässigen, aber Stuart fand ihn kleinlich. Trotzdem hat er es akzeptiert. Im Moment hatte er seinen Anteil übrig, und an dem Tag, an dem er beschloss, mehr zu erreichen, würde er Foot behalten.

Tage später zeigte er Neugier, die Mitglieder der gegnerischen Gang zu treffen. Als stillschweigende Vereinbarung besuchten die einen und die anderen kaum die Einrichtungen der Gegenpartei, um mögliche Komplikationen zu vermeiden, die die Sache wieder sauer gemacht hätten, und Stuart begründete den Wunsch damit, dass er gerade um jede Reibung mit den Gegensätzen zu vermeiden, er brauchte kennen sie persönlich und nicht vom Hörensagen.

„Haben Sie großes Interesse daran? Foot hatte ihn gefragt.

„Ja, aus zwei Gründen: Erstens, weil keiner von uns vorhersagen kann, was eines Tages passieren könnte, und ich mag es nicht, Geisterfeinde zu bekämpfen; und eine andere, weil ich denke, dass ... es produktiver und bequemer wäre, alle Geschäfte zu kontrollieren und das Einkommen mit niemandem teilen zu müssen.

"Träum nicht davon, Stuart", erwiderte Foot "; diesen Ehrgeiz hegte ich lange Zeit und es kostete mich mehrere Monate der Kämpfe, Männer zu verlieren und sie Fritt zu verlieren, ohne dass wir uns dem Verderben der Geschäfte aussetzten Wir beide, so verdient man zwar weniger, aber man gewinnt mit Ruhe und ohne Gefahr.

"Vielleicht war die Sache nicht fokussiert", versicherte Stuart zuversichtlich. „Es gibt Schläge, mit denen keiner rechnet, weil sie so kühn sind, und wenn man einen entscheidenden gut einstudiert geben könnte, würden wir damit nichts verlieren.

„Natürlich nicht, aber es ist sehr schwierig. Wir sind beide gut darauf vorbereitet, nicht überrascht zu werden.

"Okay, aber wenn man es besser studiert, geht nichts verloren. Später kann es abgelehnt oder akzeptiert werden, da sie sagen, dass das, was zwei Augen nicht sehen können, von vier gesehen werden kann. Sie haben bestätigt, dass ich kein Mann bin, der vor vielen Dingen Angst hat." .

„Okay, wenn nicht, wären Sie mir nicht zu Diensten; aber vorerst lassen wir die Dinge so, wie sie sind.

„Wenn es Ihr Wunsch ist, sage ich nichts, aber das hindert mich nicht daran, mich Fritt vorzustellen.

„Ich werde es tun, denn ich denke auch, dass es für ihn praktisch ist, zu wissen, dass ich meinen Vertrauensmann geändert habe und dich gut kennt, um Fehler zu vermeiden. Wir treffen uns heute Abend um zwölf in La Bola de Oro. Komm und suche mich ... und wenn nicht, warte besser in Agnes' Höhle, ich möchte sie gleichzeitig begrüßen.

"Zustimmen. Zu dieser Zeit werde ich da sein.

Stuart mochte die Rendezvous-Location nicht. Dort war er seit mehreren Tagen nicht erschienen und er war nicht in der Stimmung, Vorwürfe zu hören und falsche Erklärungen über seine Abwesenheit abzugeben. Er war nicht gegangen, weil er nicht wollte, obwohl er später versuchte, sich mit übermäßiger Arbeit neben seinem neuen Chef zu rechtfertigen.

Aber in dieser Nacht, gegen elf Uhr, tauchte er in der Kneipe auf. Agnes, die wütend war über die Verlassenheit, in der er sie hatte, beeilte sich, ihn zu ihrem reservierten Tisch zu führen und tadelte ihn hart:

„Ist das die Behandlung, die ich verdiene, Stuart? Du warst seit dem Morgen, an dem du Foot besucht hast, nicht mehr hier.

„Ich konnte nicht, Süße; frage deine geliebte Qual und er wird es dir sagen.

„Der Fuß ist nicht meine geliebte Qual und das weißt du. Tue den Gefallen, keine Ironien auszugeben, die ich nicht ertragen kann.

"Verzeihen Sie. Es spielte auf das Interesse an, das er für Sie hat. Ich versichere Ihnen, dass er mir keine freie Minute gelassen hat, weil wir alle Spielhöllen in seinem Zuständigkeitsbereich besucht haben, damit er die Leute treffen und die Führung übernehmen kann." wie er das Geschäft führt. Vergessen Sie nicht, dass ich jetzt sein

Vertrauensmann bin und alles, was ich ihm zu Herzen nehmen muss. Ich hoffe, Sie verstehen, dass ich jetzt nicht auf mich allein angewiesen bin.

„Aber Sie werden noch einen Moment Zeit gehabt haben.

„Ich versichere Ihnen, er hat mich nicht verlassen. Heute Nacht habe ich es geschafft, weil er mich um zwölf hierher gerufen hat. Er bringt mich zu Fritt.

„Welches Interesse hast du daran, diesen Typen zu treffen?

„Viel, versteh es. Ist es nicht fair und normal, dass ich meine Feinde mehr kenne als meine Freunde? Eines Tages könnten unvorhergesehene Dinge passieren und ich würde riskieren, ihm zu begegnen, ohne ihn zu kennen. Das Ding würde mir nicht sehr gefallen und deshalb habe ich ihn gebeten, es mir vorzustellen.

„Wann wirst du fertig sein und etwas Zeit mit mir verbringen? Sie können kommen, nachdem Sie ihn verlassen haben.

„Ich würde es dir versprechen, wenn ich wüsste, dass wir ihn bald finden und er uns nicht viel unterhalten wird. Aber auf jeden Fall gebe ich dir mein Wort, dass ich komme, sobald ich meine Arbeit ein wenig auflockere und sich alles normalisiert habe. Wir haben wenig übrig.

Kurz darauf erschien die Senatorin, Agnes Stammkunde. Dieser war, wenn auch mit Bedauern, gezwungen, Stuart zu verlassen, um sich um ihn zu kümmern.

Der Abenteurer nutzte diesen Moment der Ruhe, um Betty zu begrüßen. Er hatte sie seit der Nacht seines dramatischen Kampfes mit Jessup nicht mehr gesehen und er vermisste sie so sehr.

Er näherte sich dem Mädchen beiläufig und sagte:

„Wie geht es dir, Betty? Ich schätze, deine Nerven haben sich inzwischen vollkommen beruhigt.

Sie warf Agnes, die Stuart nicht entgangen war, einen Blick zu und antwortete:

„Mir geht es gut, vielen Dank. Es tut mir leid, dass ich Ihnen damals nicht für Ihre Intervention danken konnte, aber ich nehme diesen Moment, um Ihnen zu danken.

"Bah! Das war egal. Ein Mann sollte immer eine Frau verteidigen, wenn er sie überfahren sieht, und noch viel mehr, wenn sie so hübsch und attraktiv ist wie du. Obwohl ich vermute, dass sie mir nicht viel geben werden Zeit, heute Abend möchte ich mit dir tanzen.

„Es tut mir leid, aber ich bin verlobt", entschuldigte sich die junge Frau etwas zögernd. Agnes erlaubt uns nicht, ihr Geschäft zu vernachlässigen, und das müssen Sie verstehen. Ein anderer Tag kann sein.

Er bemerkte, dass das Mädchen etwas nervös war und glaubte, dass es Agnes' Anwesenheit war. Stirnrunzelnd fragte er sich, ob das Mädchen etwas von seinem Flirt mit Agnes wusste oder ob Agnes ihm eine Warnung gegeben hatte, seine Gefühle zu zügeln.

Sie musste ihn auf die Probe stellen, aber nicht heute Abend. Es war kurz vor zwölf, und Foot würde bald auftauchen.

„Ja, es wird noch eine Nacht", sagte er lächelnd, „aber ... es wird diese andere Nacht sein.

Und er kehrte an Agnes' Tisch zurück, nicht sehr zufrieden mit dem Gespräch mit der jungen Frau.

Californian Beauty, die vor dem Wunsch brennt, so lange wie möglich mit Stuart zusammen zu sein, schaffte es geschickt, die anhängliche Persönlichkeit des Senators loszuwerden, und ließ ihn am Roulette-Tisch sehr unterhalten. Und sie setzte sich neben Stuart, starrte ihn an und fragte:

„Worüber hast du mit Betty gesprochen?

Er erkannte, dass die Frage eine Glut schlecht versteckter Eifersucht enthielt, beschloss, sie ein wenig wütend zu machen und antwortete mit Ironie:

„Ich habe dich gefragt, ob du wüsstest, wie das Wetter morgen wird. Ich fürchte, es könnte regnen und da ich ein bisschen Rheuma bin ...

Agnes brüllte wütend mit leiser Stimme:

„Stuart, ich vertrage keine schlechten Witze. Ich hoffe, Sie erkennen, dass es heimlich oder nicht zwischen den beiden einen Pakt gibt und dass ich keine Frau bin, die zugibt, dass ein anderer meinen Weg kreuzen kann.

Er wollte ihre Geduld nicht überstürzen und antwortete:

„Hör zu, Agnes, du kannst alt werden, aber nicht ohne Grund eifersüchtig. Das erste wäre besser für dich als das zweite. Ich fragte sie, wie es ihr seit der Nacht des Kampfes geht und sie nutzte die Gelegenheit, um mir für meine Tat zu danken. Das war's.

„Alles, und es ist ziemlich viel. Lassen Sie Betty hinter sich, denn sie ist ein sehr attraktives Mädchen, das es versteht, Kunden zu fesseln und für mein Geschäft sehr nützlich ist. Ich möchte nicht, dass Sie es verderben oder mich ablenken.

„Verstanden, aber ich bin auch Kunde, vergisst du? Und ich muss wie die anderen abgelenkt werden.

„Wenn ich nicht attraktiv bin, um dich abzulenken, wechsle dich mit den anderen Mädchen ab. Ich finde sie alle hübsch und nett.

„Ich werde darüber nachdenken, aber es scheint mir, dass Sie mir viele Bedingungen auferlegen und darüber reden wir nicht. Wenn du dir selbst so sehr vertraust, warum bist du dann eifersüchtig auf andere?

„Weil du ein sehr hartes Gesicht hast. Ich habe versprochen, mich nicht in Ihr Privatgeschäft einzumischen, aber das ist intim und ich habe das Recht dazu.

„Lass uns nicht mehr streiten, Agnes. Es ist lächerlich, dass wir das tun. Es gibt Fuß.

Er stand auf, um sie zu treffen und sagte zu Agnes:

„Tut mir leid, dich verlassen zu müssen.

„Kommst du heute Abend wieder?

„Ich habe dir schon geantwortet. Es liegt an ihm und nicht an mir.

Und er winkte, sich Foot anzuschließen und das Lokal bei ihm zu lassen.

Sie fanden Fritt in La Bola de Oro. Seit er und Foot die Verlobung unterschrieben hatten, hatte es keinen Zusammenstoß gegeben und beide hatten sich nicht bescheiden in der Öffentlichkeit an Orten gezeigt, an denen die absoluten Eigentümer bekannt waren. Nächte waren immer der Albtraum der Gesetzlosen, aber dieser Pakt hatte die Angst vor dem Eintauchen in die Dunkelheit gemildert. Was noch keiner getan hatte, war, über seine natürlichen Grenzen hinauszugehen und das gegenüberliegende Feld zu besuchen.

Aus diesem Grund war Fritt überrascht, als er Foot mit einem Fremden eintreten sah.

Fritt stürzte vom Tisch auf und deutete auf einen Platz vor ihr.

„Los, Foot", sagte er, „sitzen Sie hier. Ich fühle mich geschmeichelt, Sie in diesen Breitengraden zu sehen, und ich schäme mich, dass Sie der Erste waren, der diesen Schritt der wahren Freundschaft getan hat.

Sie setzten sich neben ihn. Am Tisch saßen drei weitere Personen, deren Aussehen sie als Mitglieder von Fritts Bande und möglicherweise als die Männer, denen er am meisten vertraute, denunzierte.

Fritt bestellte den besten Whisky und füllte ihre Gläser. Stuart hatte neben seinem Chef gesessen, obwohl die Einladung nicht direkt eingegangen war. Sie alle tranken langsam, als ob sie die Situation studierten, bevor sie sprachen, und Foot stellte das Glas auf die Tischplatte und sagte:

„Ich wollte vorher nicht kommen, weil der Besuch nicht falsch interpretiert wurde, aber es ist etwas passiert, das mich dazu gezwungen hat. Fred, mein Sekundant, ist gestorben, und ich fand es fair, dass Sie und Ihre Männer wissen, wer mein Sekundant sein wird, da wir uns alle kennen. Dieser begleitet mich und heißt Stuart Sterling.

Fritt fixierte ihn mit seinen kalten grauen Augen und streckte die Hand aus, weiß und schleimig, und sagte:

„Schön dich kennenzulernen, Sterling. Ich habe schon etwas von dir gehört.

„Das ehrt mich", antwortete Stuart. Es ist immer schön zu wissen, dass die großen Figuren in den kleinen verankert sind.

„Ja. Sie haben mir etwas über Freds Tod und auch über Jessups Tod erzählt. Zwei schöne Aufgaben, wenn sie edel wären.

Stuart fühlte sich wie ein Schleudertrauma im Blut, als er den Kommentar hörte und antwortete:

„Sie sagten, Sie seien über mich informiert worden. Ich sehe, dass es nicht so war ... oder sie haben es falsch gemacht.

„Ich habe es nicht gesehen und kann nichts dazu sagen. Was ich weiß, stammt aus Referenzen, aber ich kannte Fred und Jessup.

„Er musste mich nur kennen, und er kennt mich bereits.

„Gerecht. Und ich möchte glauben, dass Foot Ihnen diese Position anvertraut hat, weil er gute Referenzen von Ihnen hat und Ihrer Loyalität vertraut.

„Die Referenzen, die Sie von mir haben, wurden Ihnen einfach durch die Tatsachen gegeben. War mehr nötig?

„Nicht für ihn, da er dich auf seine Seite gelassen hat und anscheinend froh ist, dass er es getan hat.

"Natürlich bin ich das", bestätigte Foot schnell, dem der Ton, den das Interview vom ersten Moment an angenommen hatte, nicht gefiel.

„Ich gehe nicht darauf ein, Foot", sagte Fritt. Jeder hat seine Verfahren, um sich um seine Geschäfte zu kümmern.

Stuart, der die Zurückhaltung seines Gegners nicht mochte, kommentierte:

„Es scheint zu bedeuten, dass Sie anders gehandelt hätten. Das schmeichelt mir nicht sehr.

"So ist es. Ich bin sehr klar, aber ich versuche nicht, mich in irgendjemandes Dinge einzumischen, und ich behaupte meinerseits, dass ich von Natur aus sehr misstrauisch bin. Meine Männer haben ihre Geschichte, aber ich kenne sie genau und ich wissen, wie weit sie gehen können und wie weit ich sie kontrollieren kann Ich habe sehr gute Männer zurückgewiesen, die mir, egal wie hart, nicht gedient haben.

„Ich verstehe dich nicht", antwortete Stuart.

„Ich werde es Ihnen erklären, und es ist nicht so, dass ich Sie in diesem Fall konzeptualisiere. Es gab Männer, denen ich sie ablehnte, weil ich sie für zu ehrgeizig hielt. Diejenigen, die gut mit einem Revolver umgehen können und keine Angst davor haben, ihn zu benutzen, reichen mir, aber mehr auch nicht. Ich will Arme, die ausführen und keine Köpfe, die denken, weil ich denke, dass es genug ist, wenn ich denke.

Stuart grinste amüsiert. Fritt war viel gefährlicher und subtiler als Foot. Er wusste, was er vorhatte und kannte bestimmte Psychologien, die gefährlich sein konnten, aber er antwortete leise:

„Ich würde gerne wissen, was Ihre Männer unter Umständen tun würden, wenn ihre Befehle scheiterten und vorerst und unabhängig davon Maßnahmen ergriffen werden müssten.

„Schieße oder geh. Ich verlange nicht mehr von dir.

"Gut; ich bestreite es nicht. Ich dachte, der Zweite einer Bande wäre die Fortsetzung seines Chefs. Wenn nicht, halte ich die Anklage für unnötig.

„Ich habe es für Luxus. Ich hebe einen hervor, der zum Zeitpunkt des Kampfes am effektivsten ist und meine Befehle konkret vermittelt.

Stuart, der bei Fritts Unterstellungen langsam die Geduld verlor, kürzte seine Verluste und sagte:

„Ich denke, wir entfernen uns vom Gegenstand des Besuchs. Weder ist mein Chef gekommen, um zu fragen, wie er seine Band organisiert, noch um zu erklären, wie er seine organisiert. Es war praktisch, dass wir uns alle kennenlernen, um unnötiges Stolpern zu vermeiden und das war's. Du kennst mich schon und ich kenne dich, der Rest streikt.

„Richtig, und die um mich herum sind einige meiner Männer. Die anderen sind verstreut und ich kann sie nicht abholen, um die Präsentation zu halten, aber sie wissen bereits etwas über ihn und die Zeit muss bekannt sein.

„Nun, in diesem Fall habe ich für meinen Teil hier nichts zu tun. Wenn mein Chef bleiben will, soll er das machen.

Foot antwortete nach kurzem Zögern:

„Nein, Stuart, ich bin nur gekommen, um dir zu gefallen. Wir haben uns auf eine Abgrenzung der Orte geeinigt und haben uns seither davon abgehalten, uns in gegnerische Lehen einzumischen.

„Es tut dir leid, Foot", sagte Fritt. Ich kenne den Grund für den Besuch und weiß es zu schätzen. Wie auch immer, wenn ich dir von Nutzen sein kann...

„Danke; ich denke, wir kommen beide ohne fremde Hilfe sehr gut aus.

"Zumindest haben wir es bisher bewiesen", sagte Fritt.

Sie schüttelten sich die Hände und Foot verließ mit seinem zweiten den südlichen Teil. Stuart war verärgert über die Andeutungen seines Rivalen, denn sie konnten die Zweifel in Foot entfachen. Wütend kommentierte er:

„Ich mag diesen Kerl nicht. Er ist dumm und unwissend. Ich dachte nicht, dass es eine Unannehmlichkeit war, mehr als eine Schießmaschine zu sein. Ich würde gerne sehen, dass Ihre Jungs es eilig haben, um zu sehen, was sie herausgefunden haben. Wenn er eingreifen und nachdenken wollte, hatte er vielleicht keine mehr.

„Es ist möglich, aber er hatte Glück und hat etwas von dem erreicht, was er sich vorgenommen hatte. Ich konnte ihn nicht rechtzeitig erwischen.

„Das hat mein Selbstwertgefühl verletzt, Boss. Ich möchte mit deinen eigenen Waffen antworten und ich werde es studieren. Möchten Sie ihn wirklich auffegen und allein sein?

„Du wunderst dich nicht einmal, Stuart.

"Nun, wetten Sie nichtEs gab nichts für Fritts Leben.

„Pass auf. Ihn zu töten würde nichts lösen.

"Wer sagt nein? Er hat gestanden, dass er nur Arme und keine Köpfe hat. Wer sollte also die Band effektiv übernehmen? Mit ein wenig Einfallsreichtum wären sie alle weggefegt. Nicht, dass ich denke, es ist einfach." , aber ich verspreche, es zu studieren.

„Nun, tu es, aber am Ende wirst du dich selbst davon überzeugen, dass es so wäre, als würde man auf einem Stachelschwein sitzen. Ich bin nicht weich oder gebe so schnell auf, und doch habe ich mich für dieses Arrangement entschieden und es am besten dabei belassen.

"Wie Sie wollen, ich bin nicht sehr interessiert, obwohl ich eine Verdoppelung des Einkommens gebrauchen könnte.

Stuart ließ Foot in seinem Versteck zurück und zog sich zurück. Es war zwei Uhr, und Agnes' Arbeitszimmer war noch in vollem Gange, aber er war nicht versucht, dorthin zurückzukehren. Er vermutete, dass dies sein Leben schwieriger machen würde und er zog es vor, es abzukühlen.

Agnes war sehr spät von dem Orkan der Leidenschaften erwacht, und das war für eine Frau wie sie sehr gefährlich. Er musste kaltes Wasser über das Feuer gießen, damit es nicht explodierte, zumindest solange er nicht frei von Foot war und Herr der Situation wurde. Dann würde es ihm nichts ausmachen, ihr gegenüberzutreten, denn seine Zähne würden angeschlagen sein und er könnte keine gefährlichen Bisse verursachen.

KAPITEL IX

DER HEILIGE FÜHLT Eifersüchtig

Ich weissstellte Stuart am nächsten Abend im Joint vor. Agnes, die in dieser Nacht unter starken Kopfschmerzen litt, „vielleicht ein Produkt der Besorgnis, die Stuarts etwas seltsames Verhalten bereitete", hatte sich in ihre Zimmer zurückgezogen und lag eine Weile auf dem Bett, um diesen Ärger zu überwinden.

Stuart war froh, dass Agnes weg war. Wenn sie abwesend war, konnte er immer rechtfertigen, dass er sie besucht hatte, und dass, obwohl es logisch war, sich für ihren Zustand zu interessieren, die Vorsicht, ihre Aufmerksamkeiten nicht zu verdächtigen, ihn daran gehindert hatte, sie zu besuchen .

Dies diente ihm als Vorwand, um Betty gegenüber äußerst aufmerksam zu sein. Das Mädchen, obwohl ein wenig ängstlich, konnte der Anziehungskraft, die Stuart auf sie ausübte, nicht widerstehen, und ohne Agnes' Warnungen zu beachten, widmete sie ihm ihre ganze Freizeit und tanzte mit ihm, ohne sich um den Rest der Kunden zu sorgen, die sich dadurch gedemütigt fühlten Präferenz der jungen Frau.

Trotzdem fand Stuart sie schüchtern und ängstlich und versuchte herauszufinden, was mit ihr nicht stimmte, und fragte:

„Was ist mit dir, Mädchen? Es scheint, dass Sie sich bei mir nicht sehr wohl fühlen.

„Warum nicht? Ich fühle mich sehr gut.

„Allerdings merke ich, dass du etwas Angst hast. Hat jemand etwas Schlechtes über mich gesagt?

Die junge Frau antwortete nach kurzem Zögern:

„Nun … bis zu einem gewissen Punkt. Es war gar nicht so schlimm, aber Agnes …

Er fühlte sich empört, als er merkte, dass es etwas von "der kalifornischen Schönheit" war und brüllte:

„Was hat dir diese selbstgefällige Birria erzählt?

„Um Gottes Willen, schrei nicht so. Wenn es an ihre Ohren käme, wäre es schrecklich. Er hat mich gewarnt, dass sein Geschäft über allem steht und ich ihm meine Arbeit verdanke. Ich möchte nicht, dass sie meine Zeit mit irgendjemandem verbringt, und aus ihrer Sicht kann ich es ihr nicht verdenken, aber manchmal frage ich mich, ob sie ohne Grund eifersüchtig sein wird.

Stuart lächelte amüsiert, als er merkte, dass Betty versehentlich ins Schwarze getroffen hatte.

Neidisch auf was? "Ich frage.

„Wegen deiner Vorliebe für mich. Das ist natürlich albern, weil ihre Aufmerksamkeit mir gegenüber normal ist und Agnes meiner Meinung nach nicht in der Lage ist, ihren Blick auf einen Mann zu richten.

"Und warum hörst du auf ihn? Du wirst immer ein Publikum haben, das dich bewundert und verwöhnt. Ich war der Erste und ...

„Danke, aber ich muss mich um meinen Job kümmern, denn nirgendwo wäre ich besser als hier. Agnes betrachtet mich und ... es gibt keinen Besitzer, der mich überfordert und versucht, mir bestimmte Bedingungen aufzuerlegen ...

„Das würdest du nicht zugeben.

„Das würde ich nicht zugeben... es sei denn, ich würde in die Enge getrieben. Deshalb muss ich aufpassen, was ich tue, auch wenn ich es spüre.

„Ist Ihnen nicht schon ein Mann begegnet, der beschließt, Sie aus diesem Käfig zu holen?

„Ich würde lügen, wenn ich nein sagen würde. Es gab einige, die es mir vorgeschlagen haben, aber hat das etwas gelöst?

„Lebe ruhig, ohne bestimmte Dinge ertragen zu müssen.

„Und manchmal muss man sich mit schlimmeren abfinden. Es gibt Männer, die weder für das, was sie anbieten können, noch für das, was sie tatsächlich geben können, toleriert werden können.

„Was für ein Mann ist er, den du magst?

„Du willst, dass wir nicht darüber reden? Alle Frauen sind ehrgeizig und ich bin keine Ausnahme, aber manchmal stoßen Ambitionen auf unüberwindbare Barrieren und meine moralische Situation erlaubt es mir nicht ...

Er sagte in einem impulsiven Ausbruch von den vielen, die er früher hatte, ohne nachzudenken:

„Warte ein bisschen, Betty. Eines Tages werde ich der Herr von San Francisco sein, und an diesem Tag ... wirst du der Herr bei mir sein. Ich mag dich wegen vieler Dinge, die ich nicht erklären könnte, und ich bin auch ehrgeizig, wenn es um Frauen geht.

Betty wurde rot und er drückte sie an seine Brust. Sie tanzten, ohne sich ihrer Umgebung bewusst zu sein, bis Stuart, als sie sich den Stufen zuwandten, den Kopf hob und Agnes entdeckte, die an der Veranda lehnte und sie mit konzentrierter

Aufmerksamkeit betrachtete. Im Glanz der Augen der "Californian Beauty" las er all die Wut und den Groll, die die Betrachtung in ihm hervorrief.

Aber entschlossen, sich der Situation mit dem Schwung zu stellen, der ihn ausmachte, ignorierte er sie. Er war kein Mann, der von einer Frau unterjocht werden konnte, und er würde mit ihr den heftigsten Streit führen, aber er würde keine Angst vor ihr zeigen.

Aber Betty sah es auch und verlor ihre Farbe und stotterte verlegen:

„Entschuldigen Sie, dass ich Sie verlassen habe. Da ist Agnes, und ich vermute, sie hat es gestört, dass ich mit mir tanze.

„Ignorier es, und wenn er später etwas zu dir sagt, entschuldige dich bei mir. Eines Tages werden wir ihn ernsthaft aufregen.

Aber die Musik war zu Ende und Betty nutzte die Gelegenheit, sich von ihm zu trennen und andere Kunden zu treffen. Agnes begann dann abzusteigen und rief Stuart mit einer Geste an ihre Seite.

Letzterer näherte sich unbekümmert und sagte:

„Ich habe nach dir gefragt und sie haben mir gesagt, dass dein Kopf ein bisschen wehtut und du zu Bett gegangen bist. Es scheint, dass deine Kopfschmerzen vorüber sind und ich feiere es. Oder geht es dir nicht besser?

„Genug, um zu sehen, wie wenig Sie sich trotz Ihrer Versprechen um mich kümmern.

„Du bist absurd, Agnes", bekräftigte er, während er die Gläser füllte. „Ich habe dir schon gesagt, dass ich zu dir gekommen bin und als ich nach dir fragte, wurde mir diese Warnung gegeben. Es sollte deine Kopfschmerzen nicht verstärken und noch weniger angeben Ihren Liebling, indem Sie für alle sichtbar in Ihre privaten Räume gehen.

„Entschuldige dich nicht. Du belästigst mich schon mit so viel Heimlichkeit, dass ich es nicht verstehen kann. Ich tue was ich will und du auch. Wenn es früher oder später bekannt werden soll, weiß ich nicht warum diese prüden Dinge von dir.

„Ich habe dir schon einen Grund genannt. Ich will vorerst keine Komplikationen mit Foot. Er ist in dich verliebt und hält seinen Schwung aus, weil er glaubt, dass niemand involviert ist. Wenn er wüsste, dass genau ich es war, der seinen Bestrebungen im Weg stand, wäre das Schlamassel groß.

„All das sind Vorwände. Was Sie interessiert, ist die Freiheit, sich von allen ablenken zu lassen, und besonders mit einigen ganz besonders.

„Das ist dein Quatsch. Ich habe in der kurzen Zeit, in der ich hier bin, mit mehreren getanzt. Du musst nicht über Dinge nachdenken, die du dir nur einbildest.

„Nun, das klären wir. Ich habe lange gelebt, um bestimmte Dinge zu schätzen, und ich weiß, dass Männer so absurd sind, dass Sie schätzen, was sie Ihnen nicht geben, und verachten, was sie zur Hand haben.

„Willst du jetzt die Klappe halten, Prinzessin? Die Kopfschmerzen lassen dich Visionen sehen. Setz dich hin und trink, um zu sehen, ob das an dir vorbeigeht.

„Es wird nicht weggehen. Ich möchte Sie nur vor einem warnen, und das ist, dass ich für alles eine besondere Frau bin. Sie werden mich an Ihrer Seite haben, wann immer Sie es brauchen, solange Sie treu korrespondieren, aber wenn es nicht so wäre ... kein Feind, der für Sie grimmiger und schlimmer ist als ich.

Stuart vermutete, dass sie ihn nicht täuschen würde und dass es klappen würde, aber er verließ sich auf ihre Kühnheit und ihr Können, um im schlimmsten Fall den geringsten Schaden anzurichten.

„Erzähl mir von etwas weniger Saurem, Süße. Ich bin nur gekommen, um dich zu sehen, und du machst mich im Moment bitter. Wieso den?

„Kein Grund; ich habe dir meine Gründe schon genannt. Kommst du heute Nacht, um zu bleiben?

Er beschloss, seine Wut für den Moment zu beruhigen und antwortete:

„Wenn du willst, bleibe ich.

„Das scheint mir ein positiverer Liebesbeweis zu sein. Es war an der Zeit, dass Sie es mir widmen.

„Du weißt genau, wie beschäftigt ich in diesen Tagen mit Foot war. Glücklicherweise normalisieren sich die Dinge.

„Nun, ich weiß diese Eigenschaft zu schätzen, aber ich möchte deine Nacht nicht bitter machen. Mir geht es nicht gut und ich muss mich ausruhen. Erscheint es dir morgen besser, wenn ich eine Antwort finde?

Er sah den offenen Himmel mit der Antwort und antwortete:

„Was auch immer du schickst, Süße. Ich bin dein Sklave.

„Was du bist, ist ein Fresko ohne Erlösung. Wir sind uns einig, dass morgen, aber Sie tun den Gefallen, sofort zu gehen, damit Sie das lösen, was Sie lösen müssen, und morgen widmen Sie mir Ihre ganze Zeit. Ich lade dich um zehn zum Essen ein. Du gehst durch die Seitentür hoch und ich lasse alles bereit, damit uns niemand stört.

„Sehr gut. Um zehn wirst du mich hier haben.

Er stand auf, um zu gehen, weil das Angebot erzwungen worden war und er sich abseits des tyrannischen Einflusses von Agnes wohler fühlte. Am nächsten Tag würde er einen Vorwand erfinden, um nicht zum Essen zu gehen, und was aus dem Sitzstreik resultieren würde, würde sich bereits sehen lassen.

Agnes folgte ihm mit den Augen, bis sie ihn verschwinden sah, dann lächelte sie mit wildem Humor. Sie war bereit, alle Wettkampfversuche abzubrechen, und am nächsten Tag würde sie sie überraschen. Je nachdem, wie er auf sie reagierte, konnte er abschätzen, welches Interesse er an ihrer Person empfand.

Er zog sich nicht wie versprochen in seine Zimmer zurück. Es war ein einstudierter Plan, Stuart zu vertreiben und zu manövrieren, wie er es beabsichtigt hatte. Sie blieb bis Feierabend im Wohnzimmer, und als es fast leer war und die Mädchen gehen wollten, rief sie Betty an und sagte:

„Bevor du in meine Zimmer gehst. Ich muss mit dir reden.

Das Mädchen versteifte sich. Etwas Instinktives sagte ihr, dass die Dinge kompliziert geworden waren und dass sie das Opfer von Agnes' schlechter Laune werden würde.

Er sammelte seine Kleider ein und ging in die Privaträume des Besitzers der Spielhölle. Sie wartete im Schrank auf sie.

„Ist etwas passiert?", fragte Betty.

„Ja, meine Liebe, es passiert etwas, und Gott weiß es tut mir leid, aber es muss so sein. Ich habe Sie freundlich gewarnt, weil sie Sie für Ihren Wert geschätzt hat und Sie sie verachtet haben. Ich dachte, wenn Sie mich so kennen, wie Sie mich besser kennen als Ihre Kollegen, würde ich meinen Rat berücksichtigen.

„Ich weiß nicht, was Sie meinen", antwortete die junge Frau, obwohl sie vom ersten Moment an wusste, aus welcher Seite der Wunde sie atmete.

„Du weißt es, und du bist ein Heuchler, der es leugnet. Du magst diesen Fremden, den du schon sehr früh sehr lieb gewonnen hast, und das tut mir extrem weh. Da ich zugebe, dass in meinem Haus kein Mann bevorzugt wird und Sie darauf bestehen, habe ich mich entschlossen, auf Ihre Dienste zu verzichten, obwohl ich Ihren Wert nicht verkenne. Ich werde Ihr Konto erstellen und ich bin sicher, dass es nicht lange dauern wird, einen anderen Ort zu finden, an dem Sie Ihre Dienste anbieten können.

Das Mädchen war von einer so scharfen Entscheidung verletzt und antwortete:

„Du hast keinen Grund dazu. Stuart ist ein Kunde wie jeder andere, und ich habe ihm wie anderen gedient. Sie scheinen zu vergessen, dass Sie an vielen Abenden, wenn ein guter Kunde durch mich viele Dollar für Getränke ausgegeben hat, der Erste gewesen sind, der mir geraten hat, mich ihm zu widmen und seine Hand nicht zu verlassen.

„Gibt Stuart viel aus? sagte Agnes trocken.

"Schau nicht selbstsüchtig auf Geld" war die Antwort.

„Die Augen, mit denen du ihn ansiehst, lassen ihn so sehen", sagte Agnes eindringlich, „und genau das zwingt mich zu dieser Entschlossenheit. Du magst Stuart zu sehr, und das und nicht der Wunsch, mir zu dienen… was dich dazu bringt, ihm deine Vorlieben zu widmen. Du hast dich in ihn verliebt und das dulde ich nicht.

Betty, gestochen, gerührt sagte:

„Warum? Weil es dir auch gefällt?

„Wenn ja, was ist Ihnen wichtig?

"Natürlich kümmert es mich", antwortete das Mädchen tapfer. Vom Angestellten zum Inhaber kann ich mit Ihnen nicht konkurrieren, aber von Frau zu Frau kann ich.

Agnes sträubte sich. Er konnte alles zugeben, es sei denn, jemand forderte ihn aus diesem Grund heraus.

„Von Frau zu Frau, sagst du? Vergisst du, dass ich die Hälfte der Männer von San Francisco zu meinen Füßen hatte und sie alle verachtet habe?

Betty, ohne jede Kontemplation zu ihr, bekräftigte:

„Nun, das muss daran gelegen haben, dass die Knie von ihnen alle zu weich waren, um sich zu beugen. Du bist vielleicht der Besitzer dieses Joints und trägst viele Juwelen, aber vergiss, dass es Männer gibt, die sich dafür nicht interessieren und stattdessen bin ich zwanzig Jahre jünger als du.

Diese Sätze waren wie eine Reihe von Dolchen, die direkt auf das Herz von "Californian Beauty" gerichtet waren. Betty hatte sie alt genannt und sie konnte es nicht ertragen.

„Zwanzig Jahre jünger? Wie alt kennst du mein Alter? Aber selbst wenn es so wäre, ich habe viel von dem, was dir fehlt, um einen Mann zu verwickeln, wenn es mein Geschmack ist: Welt und Weisheit.

„Und glauben Sie, dass Ihnen das in diesem Fall helfen wird?

„Wir werden sehen. Wenn du beabsichtigst, mich herauszufordern, sage ich dir, dass Stuart nur für mich da ist und dass ich ihn wie einen Ball vor mir rollen werde.

"Ich rufe Sie auf, es zu holen", antwortete das Mädchen und funkelte sie an.

„Wir werden sehen, Betty, und ich werde dir noch etwas sagen. Ich werde Ihnen Ihr Gehalt und eine Bestellung geben. Verschwinde aus San Francisco und versuche nicht, mich dort zu überschatten. Vergiss nicht, dass meine Macht hier groß ist und dass du, wenn ich dich als Hindernis betrachte, sehr wenig leben würdest, um darüber zu lachen. Ich warne Sie, weil ich nicht grausam zu Ihnen sein möchte.

„Ich werde hier nicht rauskommen", bekräftigte sie energisch, „Sie können mich feuern, aber mir wird kein Arbeitsplatz fehlen, oder Männer, die mich beschützen.

„Da ich nicht Stuart bin, sind mir die anderen wenig wichtig.

„Es wird das sein, was ich will und wähle. Das muss ich dir nicht erzählen.

„Wir werden das sehen und nicht davon träumen, auf dieser Seite zu agieren, wo Foot der Eigentümer ist. Ich würde alles geben, was ich verlangte, selbst wenn ich mich ihm ergeben müsste, und Sie wissen, wie ich es ausgebe, wenn ich wütend werde. Wenn Sie glauben, ich erlaube Ihnen zu bleiben, damit Stuart Sie ungehindert besuchen kann, liegen Sie falsch. Gehen Sie zur Südseite, wo es ihm verboten ist, sicher hinauszuschauen, und dass er nicht mehr über Sie weiß.

„Ich werde gehen, wohin ich will oder kann, und wenn Stuart eine Vorliebe für mich hat, ist er ein Mann, der sich durch nichts aufhalten lässt. Dies ist mein letztes Wort.

„Er wird es nicht tun, denn vorher würde er ihn abschießen.

Er warf mehrere Goldmünzen auf den Tisch und sagte:

„Da hast du, was ich dir schulde. Nimm all deine und verschwinde, aber vergiss meine Drohungen nicht. Ich habe mich in Stuart verliebt, und solange ich ihn nicht satt und als nutzlos abgetan habe, überlasse ich ihn niemandem.

Betty, verklärt, wollte die Diskussion nicht weiter sauer machen, versprach aber innig, ihrer Rivalin nicht nachzugeben. Sie forderte ihre Eitelkeit und ihr Selbstwertgefühl als Frau heraus und war entschlossen, dies mit allen Konsequenzen zu akzeptieren.

Er steckte das Geld weg und ging nach unten, um seine Arbeitskleidung zu holen. Als sie auf die verlassene, dunkle Straße hinaustrat, war sie versucht, zu Stuarts Lodge zu gehen, um ihm Bericht zu erstatten, aber ihr gesunder Menschenverstand sagte ihr, dass die Zeit nicht gerade günstig war, ins Gasthaus zu gehen. Er würde warten, bis es hell wurde, und ihn besuchen, um ihn über die Gründe für seine Entlassung zu informieren.

Sie war sich nicht ganz sicher, ob Stuart eine Vorliebe für Agnes hatte, und wenn er sich das ansah, würde sich zeigen, was als nächstes geschah.

Und ohne seine Wut kontrollieren zu können, zog er sich in seine Wohnung zurück.

* * *

Es war gegen ein Uhr und Stuart wollte gerade sein Bett verlassen, als einer der Kellner in seine Wohnung ging, um ihn zu warnen, dass eine sehr attraktive junge Frau nach ihm frage.

Stuart ahnte fast, wer es war. In der Nacht zuvor hatte er die Spielhölle nicht sehr überzeugt von Agnes' Rücktritt verlassen und befürchtete, dass er sich in seiner Eitelkeit und Eifersucht an Betty gerächt hatte.

„Hast du deinen Namen nicht genannt? fragte er den Kellner.

„Nein, Sir", er sagte nur, dass er dringend mit Ihnen sprechen muss.

„Nun, fragen Sie sie, ob sie Betty heißt, und wenn sie ja sagt, lassen Sie sie Frühstück für zwei machen. Ich komme gleich.

Er zog sich an und wusch sich sorgfältig, und eine halbe Stunde später erschien er im Eßzimmer, immer noch verlassen. Der Kellner bereitete einen Tisch mit zwei Besteck vor.

Betty wartete an einem Tisch auf ihn. Er ging mit ausgestreckten Händen und einem fröhlichen Lächeln auf seinem freundlichen Gesicht auf sie zu.

„Wie geht es dir hier, Mädchen?" Sagte er, sie am Arm nehmen." Schöner konnten sie mich nicht wecken. Komm und setz dich hierher, ich lade dich zum Mittagessen ein und dann sagst du mir den Grund dafür... dieser angenehme Besuch.

Die Ehrerbietung schmeichelte ihr, konnte ihr Unbehagen jedoch nicht unterdrücken und sagte, als sie sich setzte:

„Dazu kam es nicht. Ich bin gekommen, um Ihnen zu sagen, dass Agnes mich letzte Nacht aus dem Joint gefeuert hat.

Er sah sie an und immer lächelnd antwortete er:

„Ich hatte es erraten, als Ihr Besuch angekündigt wurde. Worauf wurde dieser Papagei gegründet, um so etwas zu tun?

"Darin ist sie eifersüchtig auf mich", bekräftigte Betty kategorisch.

„Nun, an ihrer Stelle würde ich mich wie sie fühlen. Es gibt etwas, das weder die Position noch das Geld gibt, und Agnes kann es nicht bekommen.

„Er hat mich dazu gebracht, etwas Ähnliches zu ihm zu sagen, und er ist durch die Decke gegangen. Er hat erklärt, dass er nicht bereit ist, Wettkämpfe zuzulassen und hat mir gedroht.

„Was hat dich bedroht, sagst du?

"Ja. Er hat mir befohlen, San Francisco zu verlassen, wenn ich mich keiner ernsthaften Gefahr aussetzen will. Er sagt, ich solle mich nicht um eine Stelle in einem

Gebäude bewerben, das Foot kontrolliert, weil ich ihn bitten würde, mich zu unterdrücken, selbst wenn ich musste ihm nachgeben, er will unbedingt vermeiden, dass du mich siehst, und du hast gesagt, du würdest sie niederschießen, wenn es ihr nicht gelänge, sich ihrer Laune zu ergeben.

"Nun, das wird ein bisschen schwierig für ihn", sagte Stuart entschlossen.

Nach kurzem Zögern fragte sie:

„Sag mir die Wahrheit, Stuart. Was ist zwischen dir und ihr, das dich so heftig eifersüchtig macht?

"Nun ... nichts, was sie möchte, und das macht sie wütend. Er hat sich eine dumme Illusion gemacht, dass ich nicht verschwinden wollte, weil es mir im Moment nicht passt, aber wenn er darauf besteht, wird es so gehen Mach es richtig, egal was passiert Du nimmst es zu ernst und ich stimme dem nicht zu.

„Pass auf. Er wird mit bleiernen Füßen gehen müssen, denn er wird seinen Einfluss bei Foot nutzen, um ihn mit all seinen Männern aufzunehmen um siegreich hervorzugehen.

Stuart überlegte. Er wusste, was Betty meinte, war wahr und bedauerte nun gewisse Vertraulichkeiten, die er Agnes gemacht hatte. Wenn sie Foot von ihren Plänen erzählte, Eigentümerin von San Francisco zu werden, würde der Schütze nicht zögern, sie wegzufegen.

Ohne die Beherrschung zu verlieren, versicherte er:

„Keine Sorge, Mädchen, alles wird gut. Was planen Sie jetzt?

„Ich weiß es nicht. Ich bin desorientiert.

„Nun, ich werde es Ihnen sagen. Sie werden Ihre Unterkunft verlassen und in diesem Gasthaus wohnen. Sie werden sich nirgendwo um eine Stelle bewerben und warten.

„Ich muss arbeiten. Hier ist das Geld bald aufgebraucht.

„Ich verdiene mehr, als ich brauche. Sie müssen nichts ausgeben und warten, bis die Situation geklärt ist. Es kann nicht mehr lange dauern, denn dies ist ein Pulverfass mit einer brennenden Sicherung. Es muss von einem Moment zum anderen explodieren und wir werden sehen, wen es erreicht.

"Was hast du vor?

„Nichts meinerseits. Ich werde sie zwingen, es in die Luft zu sprengen, und wir werden sehen, wie weit das Loch geht. Nachdem sich der Rauch verzogen hat, werde ich wissen, wie ich mich verhalten soll.

„Sei sehr vorsichtig mit Agnes. Ich kenne sie und ich weiß, dass sie nicht zögern wird, ihr Leben in Gefahr zu bringen.

„Ich werde mich um das Konto kümmern, das Sie für mich haben. Du isst und mach dir keine Sorgen. Heute habe ich nicht viel zu tun und werde den Tag dir widmen. Heute Abend werden wir wissen, ob etwas passiert.

Er wollte nicht mehr darüber reden, und als das Mittagessen vorbei war, hatte er das beste verfügbare Zimmer für Betty bereit. Dann ließ er es bei ihr und sagte:

Seien Sie nicht erschreckt oder besorgt. Ich weiß nicht, wann ich heute Abend zurück sein werde oder ob ich zurück sein werde, aber vertrau mir. Ich bin ein hochfliegender Adler, damit mich niemand im Dunkeln niederlassen kann.

* * *

Agnes hatte einen fiebrigen Tag. Er hatte einem heftigen Ausbruch von Eifersucht nachgegeben, als er Betty entlassen hatte, aber er fragte sich, was die Konsequenzen sein würden. Er begann Stuarts Charakter einzuschätzen und hatte Angst, dass Stuarts Reaktion nach hinten losgehen würde. Vielleicht hätte er mehr gewonnen, wenn er der Sache nicht so viele Fluchten gegeben hätte, aber wenn er sich herausgefordert fühlte, wäre es die Enthüllung der Wahrheit und die Einleitung eines schrecklichen Duells zwischen den beiden.

Er wartete fieberhaft auf den Termin. Er hatte ein tolles Menü bestellt und es war retuschiert wie nie zuvor.

Aber um zehn Uhr zerfiel das Schloss der Illusionen, das er gebaut hatte, mit einem Brief, der ihm zugestellt wurde. Es war von Stuart und sagte einfach: "Warte heute Abend nicht auf mich zum Abendessen, denn ich werde nicht da sein."

Mehr stand in dem Brief nicht, aber es reichte. Er musste von Bettys Entlassung und ihren Gründen erfahren haben, und mit der Härte und Schroffheit, die er in allem zu gebrauchen wusste, antwortete er mit dieser Verachtung. Seine Wut war so groß, dass er in einem Anfall von Hysterie gegen den Tisch trat und ihn mit all den kostbaren Speisen auf den Boden warf.

Gläser und Teller kollidierten mit einem höllischen Krachen, als sie zerbrachen, und die schwarze Frau, die ihm diente, kam erschrocken, aber Agnes warf ihm ein Stück Glas an den Kopf und brüllte:

„Geh weg, du dreckige Ratte! Ich will niemanden sehen!

Das Dienstmädchen zog sich erschrocken zurück, und Agnes machte ihrem Ärger Luft, indem sie gegen die Scherben des Geschirrs trat. Dann verblasste ihr Gesicht vor

Tränen, als sie über ihr Make-up rannte, zog sich in ihr Schlafzimmer zurück und ließ sich überrascht verzweifelt aufs Bett fallen.

KAPITEL X

STUART SPIELT SEINE ERWEITERUNGEN

Mit wachsamen Nerven ließ Stuart den Tag verstreichen, indem er auf die Nacht wartete, die Nächte, die er so sehr liebte, weil das Reich der Schatten für sein Temperament sein eigenes Reich war, das ihm bringen konnte. Bis zu ihrer Verabredung mit Agnes wusste sie, dass niemand passieren würde, und dann ... ihr Pech oder Glück würde das Ende dieses dramatischen Abenteuers markieren.

Deshalb beschloss er, sich um zehn Uhr mit Foot zu treffen und sich nach Möglichkeit nicht von ihm zu trennen. Als Vorwand würde er bestimmte embryonale Ideen benutzen, die er hatte, um Fritt anzugreifen, und die Diskussion würde sie sicherlich für einen guten Teil der Nacht zusammenführen.

Er lag nicht falsch. Der Schütze hörte ihm interessiert zu und begann, nacheinander seine Ideen mit ihm zu besprechen, wobei er die Unannehmlichkeiten aufdeckte, die er bei ihrer Umsetzung fand. Stuart kannte sie im Voraus, aber sein Ziel war es nicht, die ganze Nacht von Foot getrennt zu sein. Bis um zwölf brachten sie ihm einen Brief. Foot öffnete es seltsam, und als er von dem kurzen Inhalt erfuhr, sagte er:

„Lass uns diese Diskussion für einen anderen passenden Zeitpunkt aufheben, Stuart. Agnes bittet mich dringend zu gehen, da ihr für diesen Anruf in solchen Zeiten etwas passieren muss.

„Bah!", sagte Stuart abschätzig, obwohl er die Wirkung nicht verbergen konnte, die er auf die abrupte Reaktion der wütenden Frau empfand." Vielleicht erinnert sie sich daran, dass sie allein lebt und sich nach ihrer Gesellschaft sehnt

„Agnes?", antwortete Foot ungläubig." Du kennst sie nicht gut. Sie ist eine Marmorfrau, und egal wie sehr ich versucht habe, sie zu erobern, ich bin immer gescheitert.

Verzweifeln Sie nicht. Manchmal werden Dinge erreicht, wenn sie am wenigsten erwartet werden, und das weiß ich aus Erfahrung. Ich würde stattdessen hoffnungsvoll gehen, denn eines Tages, vielleicht heute Nacht, brauchst du etwas Außergewöhnliches von dir und dann wird eine Entschädigung auferlegt.

„Ich glaube an nichts davon.

„Das tue ich, weil ich Ahnungen habe. Nur für den Fall, seien Sie vorbereitet. Eine Frau, die zu dieser Stunde einen Mann dringend anruft, ist nicht aus einer Laune heraus, und wenn sich die Sache lohnt, wird es immer eine Berücksichtigung wert sein. Viel Glück.

Fuß begann zu gehen. Bevor er fragte:

„Begleitest du mich?

„Wofür? Ich glaube nicht, dass ich galant bin, weil diese Dinge privat sind und ich die Idylle nicht stören möchte.

"Also, was wirst du tun?

„Ich gehe nach El Ace de Corazón.

„Ist schon okay. Wenn ich dich brauche, werde ich dich dort suchen.

Sie trennten sich, und Foot, ganz fasziniert von diesem unerwarteten Anruf, machte sich auf den Weg zu Agnes' Höhle. Als er das Gelände betrat, war alles in Ordnung. Ein großes Publikum, viel Animation und nichts, was einen Mangel an Normalität anprangerte.

Einer der Wächter des Geländes deutete, als er ihn sah:

„Sie erwarten Sie oben, Mr. Foot.

Er eilte die Treppe hinauf und erreichte die Räume von "Californian Beauty".

Als er den Empfangsraum betrat, prangerte nichts die gewalttätige Wut der Szene an. Der Schaden war verschwunden, der Boden sauber und das Kaffeewasser kochte auf dem Tisch. Auch die Kiste mit den Zigarren und Whisky fehlte nicht.

Agnes, die tragischen Spuren ihrer Wut ausgelöscht, erschien wie immer geschminkt. Sie lag träge da, rauchte eine Zigarette und lächelte angezogen. Foot begrüßte sie mit einer Kopfbeuge und küsste dann galant ihre weiche Hand. Sie deutete auf einen Platz und sagte:

„Setz dich hier neben mich, Foot. Ich hoffe, Sie haben es nicht eilig, denn wir müssen reden.

Foot erinnerte sich an Stuarts Andeutungen und zuckte zusammen. Es schien, als ob ein telepathischer Strom ihn zum Sprechen ermutigt hätte und die Konsequenzen für ihn kommen würden.

Ängstlich antwortete er:

„Ich sitze da, wo du bestellst und tue, was du von mir verlangst. Du weißt es immer und ich muss es dir nicht wiederholen, sondern es dir zeigen, wenn du es brauchst.

„Ich weiß, und glaube nicht, dass ich nicht oft darüber nachgedacht habe. Ich hatte immer einen starken Verdacht bei Männern im Allgemeinen, aber wenn man konstant ist, zu warten weiß und Abschlüsse erreicht, die andere nicht kannten oder nicht erreichen wollten, verdient er es, beachtet zu werden.

„Mach mich nicht hoffnungsvoll, Agnes", sagte der Schütze nervös. Verstehe, wie unangenehm es für mich wäre, dich danach zu verlieren.

„Wer weiß. Wir alle haben Dinge zur Hand, die manchmal unmöglich erscheinen. Es könnte sein, dass Ihre Zeit gekommen ist.

"Über was?

„Um zu bekommen, was Sie wollen.

„Spiel nicht mit mir auf diesem Boden, Agnes", sagte Foot, stand vom Sitz auf und stellte sich vor sie auf, um ihr in die Augen zu starren. „Es wäre ein sehr gefährliches Spiel. Warum hast du nach mir geschickt?

Agnes antwortete, ohne ihre lächelnde Haltung aufzugeben:

„Ich mag dich, Foot, ich mag dich jeden Tag mehr, weil du ein sturer, ganzer und zäher Mann bist. Wie ich Männer mag. Ich frage mich nur, ob Sie zu einer Frau so liebevoll wären, wie Sie mit denen Ihres Geschlechts grob umgehen würden.

„Hast du schon mal versucht, es zu testen? Ich habe Ihnen die Gelegenheit dazu gegeben und Sie haben es abgelehnt.

„Es ist wahr, aber ich denke, ich werde dich auf die Probe stellen, Foot. Willst du mir einen Kuss geben?

Er sah sie verwirrt an und näherte sich. Sie war es, die ihn küsste und ihn dann abweisend sagte, als sie abrupt aufstand:

„Das mag ein Vorgeschmack auf vieles sein, aber das muss man sich verdienen. Ich bin sicher du wirst.

Wie soll ich es tun? fragte er hektisch.

„Einen Mann töten.

„Ich habe so viele getötet, dass ich die Frauen zu Dutzenden um meinen Hals hängen lassen würde, wenn es eine Auszeichnung dieses Kalibers verdient hätte. Wenn deine Liebe nur das Leben eines weiteren Mannes kostet, kann ich dir fünf oder sechs Leben als Entschädigung anbieten.

„Mir reicht nur einer, Foot.

„Nun, sag mir, wer er ist und wie ich ihn töten soll, sei es in deiner Gegenwart, mit Schüssen oder mit Bits.

„Ihn zu töten, ist mir egal, wie du es machst. Das ist dein Zweiter, Stuart.

„Was sagst du?", fragte Foot erstaunt.

„Er ist es, und ich werde Ihnen mehrere Gründe nennen, um seinen Tod zu rechtfertigen. Stuart ist ein eitler und eingebildeter Mann, der glaubt, alles erreichen zu können, wenn er es will, und eines der Dinge, die er zu erreichen versucht ... bin ich, aber seine Eitelkeit ist so groß, dass er sich selbst übertroffen hat. Um zu versuchen, mich zu erobern, zu vergessen oder zu verachten, dass Sie und ich wahre Freunde sind, und auch zu vergessen, dass Sie in mich verliebt sind, weil er es weiß, hat er mir Angebote gemacht, die seinen Zynismus demonstrieren.

"Er hat mir gesagt, dass er dich aus der Welt nehmen wird, wenn ich ihm zuhöre und seinen Wünschen zustimme, weil er den Weg studiert hat, dich zu eliminieren und deine Crew zu übernehmen. Sobald ich zu ihm ja sage, er hat versprochen, dich zu töten, bevor du dich versiehst und dein Lehen zu übernehmen. Er hat mir eine Gewinnbeteiligung angeboten und träumt sogar davon, Fritt später zu eliminieren und der absolute Besitzer von San Francisco zu sein.

»Ich habe zugehört, wie er versuchte, meine Empörung und meine Wut zu unterdrücken. Ich wollte ihn nicht mit einer Absage und einer Absage auf die Hut bekommen, und um Zeit zu gewinnen, antwortete ich, dass ich darüber nachdenken würde und morgen Abend würde ich ihm eine definitive Antwort geben, aber aus Angst, dass er weitermachen würde, mehr Wenn ich misstrauisch war, dass er Sie vor der Gefahr warnen könnte, in der Sie sich befinden, so beeilte ich mich, Ihnen heute Abend eine Nachricht zu schicken. Wir hatten dieses Gespräch vor kurzem und ich war schnell auf der Hut, wie es meine Pflicht als Freund war.

Foot, der die trügerischen Worte von Agnes bleich vor Wut gehört hatte, knirschte auf beeindruckende Weise mit den Zähnen und brüllte:

„Dass dieser Typ sich in der Lage fühlt, mich zu eliminieren?

„Das war sein Vorschlag. Ich fühlte mich von ihr so gedemütigt, als mir klar wurde, dass sie mich mit dem Preis deines Lebens kaufen wollte, dass ich nicht anders konnte, als zu reagieren. Sie können mich mit meinen eigenen Waffen dazu bringen, Frauen zu überzeugen, aber nicht, indem Sie mich so schätzen. Ich habe nicht daran gezweifelt, dass Sie mir so viel geboten haben, ohne mich zu beschweren, und dem, der mir das Unmögliche auf Kosten des Verrats anbietet. Ich bevorzuge dich, und wenn du diesen Geier eliminiert hast, werde ich wissen, wie ich liefern kann, was du verdienst.

„Das wirst du wirklich, Agnes? Fragte Foot, nervös vor Enthusiasmus.

„Wenn du weißt, dass Stuart tot ist, komm und frag mich", antwortete sie und lächelte ihn bestens an.

„Stuart wird heute Nacht sterben. Ich weiß jetzt, wo ich ihn finden kann, und ich verspreche, seinen Körper hierher zu bringen, um dich zu überzeugen. Warte nur lange, bis ich ihn finde und mein Versprechen erfülle.

Er schritt auf die Ausgangstür der reservierten Leiter zu und zog den Riegel heraus, aber eine metallische Stimme, die wie ein Messer schmerzte, und der kalte Lauf eines Revolvers, der seine Brust bedrohte, hielten ihn zurück.

„Noch nicht, Foot, das ist noch zu früh. Bevor ich dir erlaube, es zu versuchen, musst du mir zuhören und dir auch, Agnes. Passen Sie auf, dass Sie nicht die geringste Bewegung machen, während ich spreche, sonst hören Sie meine Geschichte nicht zu Ende.

Sie und er erstarrten vor Erstaunen und Angst, von dem Revolver des Abenteurers bedroht zu werden. Das Mindeste, was sie ahnen konnten, war, ihn so nahe bei sich zu haben, als Foot glaubte, er trinke ruhig das Herz-Ass.

Aber Stuart war kühn. Nachdem er Foot verlassen hatte, folgte er ihm, bis er ihn den Laden betreten sah, und sah ihn später von der Drehtür auf die Galerie hinaufgehen. Er ahnte, was passieren würde, und schmiedete einen gewagten Plan. Wenn er die reservierte Treppe hinaufsteigen könnte, ohne gesehen zu werden, würde er vielleicht überrascht sein, worüber sie redeten, und er würde wissen, wie es als nächstes weitergehen sollte.

Und das Glück begünstigte ihn. Die Magd war von Agnes mit der Anweisung, sie nicht zu stören, abgeführt worden, und der Korridor war verlassen.

In der Nähe der Tür hörte er sich das ganze Gespräch an und empfand Wut über Agnes' Double-Down. Er hatte ihn unverschämt angelogen und ihr nur die Wahrheit gesagt, dass es nur in ihrem besten Interesse war, ihn dazu zu bringen, ihn zu töten.

Ohne aufzuhören, sie mit der Waffe zu beherrschen, rief er aus:

„Jetzt bin ich an der Reihe, das Wort zu ergreifen, Foot, und Ihnen zu sagen, worüber sie geschwiegen hat. Es ist vielleicht nicht gut zu wissen, aber nur für den Fall. Wenn es eine Frau auf der Welt gibt, die selbstsüchtig und der Verachtung würdig ist, dann ist es Agnes. Sein ganzes Leben lang hat er nach eigenem Bekenntnis mit Männern gespielt, ohne Gnade oder Liebe zu irgendjemandem und du warst keine Ausnahme im Spiel.

„Vielleicht tat sie es aus der Eitelkeit heraus, diejenigen zu demütigen, die sie so sehr bettelten, aber so war es, und nur ein Mann, der ihr weder schmeichelte noch um etwas bat, erreichte, was die anderen nicht taten, und das war ich es ist zu weit gegangen. Wer um nichts bittet, muss nichts geben und sie hat alles von mir gewollt. Ihre Leidenschaft für irgendein Konzept passte mir nicht und ich wollte diese gefährliche Knospe sterben lassen, bevor sie wuchs, aber sie hat es versucht she um es zu vernieten und es ewig zu machen.

»Ich bin zu jung, um von den Jahren aufgeweichte Steaks so richtig zu verdauen, und sie wollte es nicht verstehen. In seiner Eifersucht hat er jemanden zum Opfer gebracht, der mit dieser Sache nichts zu tun hatte und hat Betty aus dem Lokal gefeuert, nur weil sie mit mir getanzt hat und ich mit ihr. Er hat sogar gedroht, Sie zu zwingen, sie zu töten, wenn sie nicht aus San Francisco verschwindet, als könnte sie mich mit diesem unwürdigen Tod an ihrer Seite behalten.

„Heute abend hatte er mich gebeten, um zehn Uhr zu Abend zu essen. Ich schickte ihr zwei Briefe, in denen ich ihr sagte, dass ich nicht kommen würde, und in ihrer Bosheit und Wut nahm sie dich als Instrument ihrer Rache , die Zahlung war ihnen egal und deshalb haben sie Sie angerufen.

Diese Reaktion hatte ich erwartet. Deshalb habe ich heute Abend versucht, mich nicht von Ihnen zu trennen, und als Sie den Brief erhielten, ahnte ich, wozu Sie berufen waren. Denken Sie daran, dass ich Sie gewarnt habe, dass sich Ihre Liebeswünsche vielleicht erfüllen würden, wenn Sie es am wenigsten erwartet haben. Aber da ich Ihnen nicht den Vorteil verschaffen will, mich von Ihren Männern wie eine tollwütige Katze zu belästigen, habe ich beschlossen, die Dinge in ihren normalen Verhältnissen zu belassen. Von dir zu mir, von Mann zu Mann ist alles in Ordnung, aber mit Vorteilen für dich, nein.

„Sie hat nicht darüber nachgedacht, dass ihre Selbstsucht die Ursache für deinen Tod sein könnte und nicht meiner. Jetzt wird er sich davon überzeugen, dass er wieder einen Fehler gemacht hat, denn er wird es tun. Du hast versprochen, meine Leiche hierher zu bringen, um ihm diese Genugtuung zu geben; Ich werde ihn dir überlassen, damit seine Wut und Verzweiflung noch größer werden. Ich habe auf dich warten und dich ungestraft fertig machen können. Ich kann es auch hier mit euch beiden tun. Nur den Finger zu erfreuen würde genügen, aber ich bin etwas edler als all das und ich werde Ihnen eine minimale Chance auf Erfolg bieten.

Plötzlich, bevor Foot Zeit hatte, der Bewegung zu folgen, steckte er seinen Revolver ins Holster und befahl mit metallischer Stimme:

„Schnell ziehen, Foot.

Der Schütze zwang sich nicht, den Befehl zu wiederholen und zog am Griff seines Fohlens. Stuart zog wieder so schnell, wie er den Revolver verstaut hatte, und zwei Schüsse vibrierten, bevor sein Feind Zeit hatte, auf ihn zu feuern. Fuß, der aus so kurzer Entfernung in die Brust getroffen wurde, lehnte sich schwer zur Seite und fiel auf Agnes, die ihn mit einem halluzinatorischen Heulen des Entsetzens und der Wut von sich stieß und in ihr Schlafzimmer floh, vielleicht aus Angst, dass Stuart ihr dasselbe antun würde. Sie.

Aber Stuart war ihr egal. Er war kein Mann, der in der Lage war, eine Frau zu töten, obwohl er ihm so eine feige Falle gestellt hätte. Da er wusste, dass die Explosion den Alarm im Zimmer ausgelöst hätte, beeilte er sich, die Leiter zu erobern und sich in den Schatten der Nacht zu verlieren, diesen düsteren und mysteriösen Schatten, in denen der Tod eintrat und die leichter überlistet werden konnten als vollständig in Sonne.

Er verließ hastig die große Allee und verlor sich durch verschiedene Gassen, um seine Spur zu verwischen. Jetzt wusste er, dass er sich in einer sehr prekären Situation befand, denn obwohl er Foot unterdrückt hatte, wie es seine Idee war, war er gezwungen gewesen, seine Pläne zu beschleunigen, und das war nicht der Weg, ihn zu beseitigen, um die Unterstützung seiner Männer zu haben.

Jetzt würden sie ihn wie Wölfe suchen, um ihn zu erledigen, und er musste etwas tun, ohne Zeit zu verschwenden. Er konnte dieselben Schatten ausnutzen und fliehen, aber das passte nicht zu seinem Temperament. Er floh erst, als die Situation verzweifelt wurde und es noch nicht so war. Solange er sich frei bewegen konnte, war er immer noch ein gefährlicher Feind. Dies müsste von anderen überprüft werden, um ihm den Wert zu verleihen, den er besaß.

Was er in vielen Augenblicken tun würde, wusste er nicht, aber wenn er während der Schattenherrschaft keine Lösung suchte, würde er sie im klaren Licht der Sonne nicht erreichen.

Plötzlich schmiedete er einen gewagten Plan. Etwas von grenzenloser Kühnheit und Gefahr, das vielleicht funktionierte oder auch nicht, aber wenn es sich herausstellte, wie er es projizierte, konnte er mehr davon gewinnen als verlieren.

Und schnell, den Weg zurückverfolgend, erreichte er den Teil der Straße, wo Fritt sein Lehen hatte. Vielleicht würden sie ihn dort aus Angst vor Komplikationen nicht suchen, und wenn er das Glück hatte, Fritt bald zu begegnen, würde er vielleicht triumphierend aus der harten Herausforderung hervorgehen.

In diesem Teil der Allee war alles ruhig und still, was darauf hindeutete, dass sich Foots Tod noch nicht herumgesprochen hatte.

Als er das Lokal erreichte, in dem der Rivale seines kurzlebigen Chefs nachts ein paar Stunden verbrachte, spähte er durch die Drehtür hinein. Der Schritt, den er machen wollte, war an sich schon zu riskant, und er konnte die Bedenken des Schützen nicht vergessen und wie er sich über die Zukunft geäußert hatte.

Aber er hatte keine andere Lösung. Verbünde dich mit ihm, um vorerst den bestmöglichen Vorteil zu erzielen, oder riskiere, an jeder Straßenecke von den Männern seiner Gang gejagt zu werden, die ihm den Tod ihres Chefs nicht verzeihen würden.

Er entdeckte Fritt, der mit drei anderen an einem Tisch saß und Poker spielte. Es schien nicht der richtige Zeitpunkt zu sein, sich ihm zu nähern, indem er das Spiel unterbrach, aber er hatte keine andere Wahl, als es zu tun.

Er stieß die Tür auf und trat ein. Fritt drehte schnell den Kopf und als er ihn entdeckte, warf er einen tiefen Blick auf ihn und schien von seiner Anwesenheit fasziniert zu sein.

Als Stuart sich entschlossen dem Tisch näherte, drehte sich der Schütze auf seinem Sitz leicht zu ihm und sah ihn fragend an.

„Gute Nacht, Stuart“, sagte er. Wie geht es dir hier?

„Ich würde gerne ein paar Minuten mit dir sprechen, Fritt. Es ist etwas, von dem ich denke, dass es Sie interessieren könnte.

„Ich höre dich, Stuart.

"Es tut mir leid, aber es ist von besonderer Natur. Wenn Sie es später für notwendig halten, das, was wir reden, bekannt zu machen, werde ich nicht dagegen sein.

Fritt sammelte ruhig sein Geld ein und legte die Karten weg. Dann zeigte er auf eine hintere Tür und deutete:

"Folge mir.

Einer ihrer Tischgenossen stand auf, um ihnen zu folgen. Fritt hielt ihn kalt an und sagte:

"Unnötig.

Aber Stuart bot Fritt an:

„Wenn Sie meinen Revolver als Garantie dafür brauchen, dass ich nur hier bin, um mit Ihnen zu sprechen, werde ich ihn übergeben, aber im Moment möchte ich nicht, dass sich jemand in unser Gespräch einmischt.

Er hob die Arme und zeigte, dass das Holster entwaffnet war. Fritz antwortete:

„Es ist nicht genau, Frank, Rückzug.

Der Leibwächter gehorchte und sie betraten beide einen dunklen Korridor, der von einer schwingenden Öllampe erhellt wurde, bis sie eine Nische erreichten.

Schon darin deutete Fritt einen Sitzplatz an:

Setz dich hin und rede. All dies erscheint mir sehr mysteriös, Stuart, aber ich vermute, es gibt einen zwingenden Grund für dieses Interview.

Ja, ein bisschen mysteriös in der Tat, und der Grund dafür existiert, aber Sie müssen entscheiden, ob es posaunen soll oder ob es geheim bleiben soll. Sie möchten eine Frage ehrlich beantworten?

„Wenn es keinen Grund gibt, mir etwas anderes zu verpflichten, tue ich dies gerne. Ich fragte nach.

„Möchtest du der absolute Besitzer der Straße von San Francisco sein?

Fritt sah ihn aufmerksam an und antwortete:

„Das würde mir genauso gefallen wie Foot, aber ich glaube nicht, dass es in ihrer Macht steht, es irgendjemandem von uns zu gewähren.

„Vielleicht liege ich da falsch. Es ist etwas, das ich Ihnen jetzt anbieten kann.

Fritt antwortete kalt:

„Wenn Sie mich für einen Narren gehalten haben, um gefährliche Haken zu schlagen, haben Sie die falsche Maßnahme getroffen ... und das kann für Sie sehr gefährlich sein.

„Es gibt keinen Köder, sondern eine Realität, die Sie jederzeit kalibrieren können. Bei Interesse bin ich in der Lage, Ihnen das zu bieten, wonach Sie sich so sehnten und worauf Sie verzichten mussten, weil Sie Foot mit einem so harten Biss nicht aus Ihrem Schritt eliminieren konnten.

„Welchen Preis beabsichtigen Sie für seinen Verrat? fragte Fritt abweisend.

„Preis, keinen, weil es keinen Verrat gibt, aber dann überlasse ich es Ihrem Urteil, einfach zu schätzen, was ich Ihnen anbiete. Ich möchte mit grober Aufrichtigkeit warnen, dass ich Ihnen das Angebot mache, weil Sie in der Lage sind, die Früchte zu ernten, und ich es nicht bin; wenn dem so wäre, hätte ich es für mich behalten.

„Und worum geht es?

„Ich habe gerade Foot getötet.

Fritt vibrierte wie eine Stahlfeder. Dann wiederholte er seinen inquisitorischen Blick und fragte:

„Warum hast du Foot gerade getötet?

„Ich habe gesagt, dass ich Foot getötet habe, nicht, dass ich ihn ermordet habe, und ich kann beweisen, dass ich ihn von Mann zu Mann getötet und ihm Zeit zum Zeichnen gegeben habe. Ich hatte es nicht im Sinn, aber das Schicksal hat es so arrangiert und ich musste dagegen ankämpfen.

Und wenn das der Fall war, warum nicht die Gelegenheit nutzen?

„Ich habe es dir schon gesagt, weil ich es nicht kann. Es ist keine Großzügigkeit, sondern Notwendigkeit, und bevor die Frucht dieses Todes verloren ist, biete ich sie jedem an, der sie sammeln kann. Es ist der Selbsterhaltungstrieb und der Stolz, nicht wie ein Feigling zu verschwinden, der mich hierher bringt. Ich habe Foot für etwas getötet, das nichts mit dem Geschäft zu tun hatte und ohne dass ich nach einem Streit suchte. Es war alles aus der Eifersucht der verabscheuungswürdigsten aller Frauen geboren, und da ich sie drängte, mich zu töten, musste ich mich selbst überwinden.

„Agnes vielleicht?", fragte Fritt fasziniert.

„Ja. Sie hat versucht, mich in ihren Netzwerken zu erwischen, und weil ich sie verachtete, rief sie Foot an, erzählte ihr Lügen und bat ihn, mich im Austausch dafür zu töten, dass sie zustimmte, ihre Freundin zu sein, obwohl sie sie so oft verachtet hatte. der immer noch in sie vernarrt war, versprach, ihr im Austausch für dieses Versprechen meine Leiche zu bringen. Es gab keine andere Möglichkeit und bevor er mich tötete,

tötete ich ihn, aber ich tat es von Angesicht zu Angesicht, vor ihr und gab ihr Zeit zum Zeichnen .

"Erzähl mir was passiert ist.

Stuart gab ihm einen flüchtigen Bericht über das Ereignis. Dann fügte er hinzu:

„Was könnte ich nach all dem tun? Ich müsste alleine mit dem Rest der Crew kämpfen und ich bin kein Koloss und kann auch nicht an zwanzig Orten gleichzeitig sein. Sie werden mich suchen, um mich zu beseitigen, und da jemand diesen Tod ausnutzen muss, ist niemand besser als du, der organisiert ist und sie in diesen Momenten der Orientierungslosigkeit bekämpfen kann, bevor sie wieder aufbauen und jemanden benennen, der Foot ersetzt. Nachdem sein Rivale tot war, war ich der einzige solide Kopf, der die Zügel in die Hand nahm, und es ist nicht an der Zeit. Wenn sie Smoothies und ohne Chef sehen, können sie nichts tun und Sie werden der absolute Herr der Straße sein.

„Und du, was wird es sein?

„Ich überlasse es dir. Vielleicht kann es dir später nützlich sein, ob du es glaubst oder nicht.

Fritt antwortete nach kurzem Nachdenken:

„Warte hier ein bisschen auf mich.

Sie ging auf den Flur hinaus und rief Frank an, wobei sie ein paar Minuten leise mit ihm sprach. Sein Zweiter verließ schnell die Taverne.

Fritt kehrte zur Nische zurück und sagte dem Abenteurer gegenüber kalt:

„Hör zu, Stuart, ich weiß es zu schätzen, Männer zu kennen, und ich dachte, ich kenne dich, sobald ich dich gesehen habe. Du bist kein Löwenschwanz, wenn du denkst, dass du ein Mäusekopf sein kannst.

"Nicht einmal das", antwortete Stuart kühn, "oder Löwenkopf oder nichts."

„Ich bin froh, dass er so aufrichtig ist. Sie können ein sehr nützlicher Mensch sein, aber so gefährlich wie das Sitzen auf einem Pulverfass mit brennender Sicherung. Deshalb würde ich ihn nie in meine Gang aufnehmen.

„Was soll ich tun! Ich werde mich zurückziehen.

„Aber ich möchte Ihre Arbeit und Ihr Angebot auch nicht ausnutzen, denn wenn ich es täte, hätte ich Sie immer noch als Feind und wäre gezwungen, Sie zu eliminieren oder es zumindest zu versuchen. Deshalb mache ich Ihnen einen guten Vorschlag.

"Komm schon.

„Ich werde versuchen, was Sie mir vorschlagen, sobald mir die bestellten Nachrichten und Berichte vorliegen. Sie werden mir helfen, die Straße von Feinden zu säubern, um den Erfolg sicherzustellen, und wenn sich dies festigt, werde ich Ihnen zehntausend Dollar als Bezahlung für Ihre Dienste geben, und Sie werden auf einem Pferd reiten und San Francisco für immer verlassen.

"Er versichert mir, dass er sich in dieses Mädchen namens Betty verliebt hat und sie in seiner Obhut hat. Mit dem Geld kann er sie mitnehmen und einen ruhigeren Ort finden, an dem sich die beiden an seiner Seite niederlassen können neue Kampagne, weit weg von hier, oder sich der Pflege des Landes als wohlverdiente Pause von seinen Aktivitäten widmen.Wenn er es akzeptiert, haben wir beide den Pakt gewonnen.

Stuart zögerte keinen Moment:

„Okay", antwortete er, „ich stelle nur eine Bedingung.

Sag es.

„Lass mich unsere Differenzen mit Agnes beilegen, wenn alles vorbei ist.

„Könnte ich sie töten? fragte Fritt.

"Nicht. Ich bin keine Frauenmörderin, wenn man Agnes als Frau bezeichnen kann, aber irgendwie muss ich ihren Verrat und ihre Lügen bestrafen. Sie hat viel gewonnen, wenn sie wenig entlarvt und trägt sehr teuren Schmuck an sich Hände und Nacken Ich denke, Bettys Nacken und Hände werden besser aussehen.

„Gut. Das ist mir egal. Für dich Agnes und ihre verdammten Juwelen. Was ich will, ist das andere.

„Dann kein Wort mehr. Von diesem Moment an hat er mich unter seinem Kommando.

Warten wir, bis Frank zurückkommt und seine Neuigkeiten bestätigt. Dann übernehmen wir die Reinigung. Komm mit mir.

Sie gingen ins Wohnzimmer hinaus. Fritt ordnete an, dass die abwesenden Mitglieder seiner Bande dringend in allen Räumlichkeiten seines Zuständigkeitsbereichs durchsucht werden und sich dort so schnell wie möglich versammeln sollten. Die Nacht würde tragisch und hektisch werden und sie brauchte all ihre Elemente. Als sie ankamen, bestellte er eine Flasche Whisky zum Servieren und bot Stuart einen Drink an; Es stellte:

„Vom alleinigen Eigentümer von San Francisco.

„Weil du es siehst, bevor du es verlässt.

Und beide leerten ihre Brille und sahen sich intensiv in die Augen.

KAPITEL XI

DIE TRAGISCHE NACHT

Wenig später kehrte Frank zurück. In seinem Gesicht lag eine gewisse Nervosität, und mit einem Nicken nickte er dem zu, was Fritt ihn mit den Augen fragte.

„Was ist da drüben?

„Ein großes Aufsehen, Boss. Ich konnte beobachten, dass Agnes' Joint voller Leute ist. Schon vor der Tür die neugierige Menge.

Hast du jemanden gesehen, den du kennst?

"Ja. Ich habe Walter "the Cross-eyed", James "the Frettchen" und Jim "Six Fingers" gesehen.

„Gut. Sobald sich unsere Männer versammeln, bereitet euch mit Blei vor. Wir werden in die Party eingreifen.

Frank und die anderen beiden, die mit Fritt spielten, als Stuart hereinkam, warfen ihrem Chef einen verwirrten Blick zu.

„Wir? Gibt es da etwas, das uns betrifft? Sagte einer.

"Viel. Wir werden die Veranstaltung nutzen, um das zu erreichen, was wir bisher nicht erreicht haben. Dead Foot, der der Organisationsleiter war, ihnen fehlt ein Chef und bevor sie sich selbst organisieren, werden wir die Verwirrung ausnutzen" Wenn die Sonne aufgeht, müssen wir die alleinigen Eigentümer von San Francisco sein.

„Heißt das, dass es wieder einen Kampf geben wird?

„Was immer sie annehmen wollen. Wenn wir sie überraschen und ihre Reihen räumen, werden sie überzeugt sein, dass sie hier nichts mehr zu tun haben. Sich fertig machen.

Nach und nach kamen Männer. Harte Kerle mit bösem Gesicht, Männer, die bereits im Auf und Ab des Kampfes abgehärtet waren, die von dem Anruf fasziniert waren und Stuart ansahen und sich fragten, wer dieser Kerl war und was sie von ihnen wollten.

Fritt, kalt und dominant, erklärte in groben Zügen, was passiert war und was er von ihnen brauchte. Sie würden die Straße von San Francisco entlang toben und rücksichtslos jedes Hindernis beseitigen, das sich dem entgegenstellen würde, wonach sie sich so sehr sehnten und für das sie zuvor so viel gekämpft hatten.

Eine Viertelstunde später hatte Fritt zwanzig Männer um sich versammelt. Als er sie zählte, verfehlte er ein paar von ihnen, aber er wollte nicht länger warten. Die ganze Zeit, die sie verloren hatte, konnte sie gegen ihn arbeiten und sie wollte nicht, dass es so passierte.

Er deutete auf Stuart und befahl:

„Geh. Du an meiner Seite.

„Wo immer Sie wollen. Ich werde mein Gesicht zum Zeitpunkt der Feier nicht verdrehen.

Fritt antwortete nicht und Stuart stellte eine Frage:

„Haben Sie schon einen Angriffsplan?

"Nicht viel, aber einige. Wenn die meisten von ihnen in Agnes' Joint sind, denke ich, dass wir damit anfangen sollten.

"Das denke ich auch. Wenn sich die Nachricht verbreitet hat, werden sie überzeugt sein, dass Foots Tod wahr ist. Dort kann man einen guten Raid machen.

Unterwegs gab Fritt scharfe Befehle. Alle mussten in zwei kleine Gruppen aufgeteilt werden und in einer bestimmten Minute auf unterschiedlichen Wegen vor die Spielhölle fließen.

„Es ist zwei Uhr“, sagte er und sah auf seine Uhr. Um Viertel nach zwei stehen alle vor der Tür.

Sie trennten sich, verloren im Schatten der Nacht. Als die Bande durch die wohlhabenden Straßen schlüpfte, blieb Fritt mit Stuart, Frank und einem anderen Schützen zurück.

In einem langsamen Tempo, mit einem Timing, um weder vorn noch hinten zu sein, bewegten sie sich die Straße hinauf. Die Lichter der Geschäfte waren in Vierecke auf dem Staub der Straße umrissen, und aus den Innenräumen kam das Murmeln der fröhlichen Stimmen der Gäste.

Der ganze Teil war noch ruhig. Die Nachricht hatte sich nicht herumgesprochen und das befriedigte Fritt. Wenn die ersten Detonationen vibrierten, war es an der Zeit, in der Stadt Alarm zu schlagen.

Sie näherten sich der gegenüberliegenden Zone, als sie begannen, Symptome von Unruhe zu beobachten. Einige Schatten bewegten sich schnell nach oben, und bald darauf entdeckten sie Agnes' hell erleuchtete Höhle.

An der Tür stand eine verwirrte und kompakte Masse, die darum kämpfte, hineinzusehen. Jemand musste sie zurückhalten, denn trotz der Größe des Ortes ließ er sie nicht passieren.

Fritt zog seinen Revolver und sah auf. Kleine Gruppen näherten sich der Tür und sagten im Vorrücken zu Stuart:

„Geh. Das Sicherste ist, dass sie versuchen werden, uns am Betreten zu hindern, aber wenn sie es tun, werden wir in unsere Richtung schießen.

Stuart kam ohne zu zögern mit dem Fohlen in der Hand an seine Seite, und in einer kompakten Gruppe erreichten sie die Tür.

Einige seiner Männer hatten sich mit gezogenen Revolvern an eine Seite der Drehtür gestellt und drohten den Eintretenden. Fritt begann, sich mit dem Ellbogen durch die Tür zu drängen, nachdem er Frank einen Befehl gegeben hatte.

„Wenn wir uns nähern, werden wir diese beiden Typen eliminieren.

„Das sind ‚die schielenden‘ und ‚sechs Finger‘", betonte Frank.

„Als ob sie der Teufel selbst wären. Besser.

Sie kamen weiter. Das Licht der Lampen, die an der Tür hingen, prangerte sie an. "Six Fingers" machte, als sie sie entdeckte, eine Geste und schien einen Moment zu zögern, hatte aber keine Zeit zu reagieren. Vier Schüsse vibrierten und er und sein Partner verschwanden hinter der rotierenden Klinge wie in Luft aufgesaugt.

Fritt sprang an die Tür und befahl:

„Klar das alles, bald!

Aber die Schüsse waren effektiver als der Befehl. Der Sturz der beiden Unerwünschten und die Anwesenheit von Fritt genügten, um sie in die Flucht zu schlagen. Dort atmeten sie nur die Luft des Todes und ihre Neugier erreichte nicht den Punkt des nutzlosen Opfers.

Der Eingang wurde wie durch einen Zauber freigemacht, als Fritt, Stuart und Frank und ihr Begleiter hineinsprangen und über die Leichen der beiden Gefallenen hinweggingen. Als sie eintraten, stellten sie fest, dass das Gelände von Kunden geräumt worden war und sich nur ein halbes Dutzend Männer von Foots Gang darin befanden, der Rest befand sich oben.

Die Schüsse hatten sie gezwungen, ihren Blick auf die Tür zu richten, in dem Moment, als die vier Dauntless wie Tiger sprangen, um das Innere zu erobern.

Sie sahen, wie sie sich auf die nächsten Tische stürzten, sie zu Boden warfen und sich mit ihnen bedeckten, in dem Moment, in dem der Rest der Bande versuchte, in das Gelände zu stürzen.

Sie feuerten wütend auf die Tür. Jemand heulte vor Schmerzen auf, als sie Blei kauten, und eine schwere Salve donnerte durch das Gelenk. Fritt und seine drei Gefährten, die sich hinter den Tischen verschanzt hatten, schossen abwechselnd auf der

Suche nach ihren Feinden und obwohl einige von ihnen versuchten, hinter ihren provisorischen Brüstungen gut in Deckung zu gehen, wurden drei von ihnen getroffen, bevor sie in Deckung gehen konnten, und fielen in die Mitte des Zimmer, auf Schüsse geschossen.

Die anderen drei feuerten wütend, aber ohne ihr Ziel zu fixieren, denn es war tödlich, mit den Köpfen über die Kanten der harten Bretter zu stecken, wo die Geschosse ebenso stecken blieben wie die Stacheln, und für einen Moment vibrierte das Gebell der Fohlen düster, ein schreckliches Gebrüll erzeugend.

Bis nervöse und angespannte Männer mit gezogenen Waffen oben auf der Galerie auftauchten. Der Großteil der Bande hatte sich in Agnes' Räumen versammelt, wo sich Foots Leiche befand, und das Donnern der Detonationen warnte sie, dass unten etwas Unvorhergesehenes geschah.

Bald versammelten sich Stimmen, die die Anwesenheit von Fritts Gang ankündigten, und wie wilde Tiere strömten sie auf die Galerie, um sich zu verteidigen und sich dem neuen Feind zu stellen. Ein schrecklicher Kampf entbrannte zwischen denen, die unten mit Tischen und Säulen geschützt waren, und denen, die oben versuchten, den Angriff zu verhindern.

Die Angegriffenen, die sich hinter der Veranda versteckt hielten, schossen auf der Suche nach ihren Rivalen nach unten und überfielen die Galerie mit mehr Vorteil, da der Schutz, den die Balustrade ihnen bot, schwächer und verletzlicher war.

Von Zeit zu Zeit kündigte ein Stöhnen, ein Fluch oder ein Todesschrei die gezielten Einschläge an. Es gab nichts, was sie von dort aus versuchen konnten, wenn sie sich nicht entschlossen, die Halle zu erreichen und ihre Feinde wegzufegen.

Plötzlich erschien Agnes in einem auffälligen Abendkleid und glitzernden Juwelen mit zwei gezogenen Revolvern in der Galerie. Großartig und tapfer kam sie, um Foots Männer aufzuheitern und sie in den Kampf zu zwingen.

„Mach weiter, wenn du so mutig bist, wie du vermutest! "Schrei." Das kann nur das Werk dieses Schweins Stuart sein, der euch alle verkauft hat. Wo bist du, verräterisches Schwein? Warum zeigst du dein Gesicht nicht wie Männer?

Einige Kugeln schossen auf tragische Weise an ihr vorbei. Fritt, sicher, dass sie getötet werden würde, steckte seinen Kopf in die ernste Darstellung seines Lebens und rief:

„Verschwinde da, Agnes. Nichts geht mit dir.

„Bist du da, verräterischer Hund? "Gebrüllt." Ich hätte es herausfinden sollen.

„Geh weg", schrie Fritt und beugte sich wieder vor.

Als Antwort erschoss sie ihn. Eines der Projektile streifte sein Haar und flog ihm beinahe den Kopf weg. Fritt ging wütend auf sie zu, aber Stuart schlug ihn auf den Arm und sagte:

„Tu das nicht, Fritt, es ist eine Frau.

„Das hat mich fast umgebracht, der Idiot.

Aber Stuarts Versuch war nutzlos.

Agnes wurde im Trommelfeuer der sich kreuzenden Kugeln auf tragische Weise getroffen, beugte sich über die Veranda, schlüpfte daraus, ließ ihre Waffen fallen und fiel wie eine hübsche Puppe von hinten.

Foots Männer, die sie fallen sahen, waren einen Moment entmutigt, aber als sie reagierten, stürzten sie sich heftig die Treppe hinunter. Der Kampf musste entschieden werden und aus einer so zerbrechlichen Position konnten sie nichts erreichen.

Aber die Hälfte blieb auf der Leiter. Einer nach dem anderen feuerten sie auf ihre Feinde, was einige Verluste verursachte, aber die Kämpfe waren bereits sehr ungleichmäßig, und die weniger Wagemutigen wichen zurück und verschwanden in der Galerie.

Als der Kampf aufhörte und Fritt kühl zählte, hatten zwölf Feinde den Staub gebissen.

Er hatte zwei verloren und drei schwere Verletzungen davongetragen.

Stuart sah Agnes eher mitleidig als wütend an und beschloss, nichts zu berühren, was sie trug.

„Ich habe nur ein Wort, Stuart. Sie haben mir gegeben, was ich wollte und es ist nur fair, dass ich bezahle. Kommen Sie mit mir und wir werden diese Angelegenheit regeln, aber unter der Bedingung, dass Sie San Francisco im Morgengrauen verlassen.

„Ich habe auch nur ein Wort. Gehen.

Fritt ließ zwei Männer in der Höhle zurück, um die Gefallenen zu versorgen, und kehrte mit Frank und einem halben Dutzend anderen zu dem Ort zurück, an dem er sich mit seiner Mannschaft traf. Dort befahl er bereits:

„Whisky für alle. Wir haben es uns verdient.

Es schien nicht so, als hätte er ein solches Massaker miterlebt, denn er war gelassen und lächelte. Sie tranken eifrig und sagten dann:

„Wort ist Wort, Stuart. Hier ist Ihr Geld.

Er legte seine Hand auf seine Brust und zog eine prall gefüllte Brieftasche heraus. Von ihr nahm er den angebotenen Betrag und gab ihn ihm und lud ihn ein:

„Trink noch ein Glas auf meine Gesundheit. Lassen Sie sie ihm das Beste dienen. „Stuart steckte das Geld ein und ging zur Bar, um etwas zu trinken. Dabei hob er den Kopf, und im Spiegel sah er inmitten der Ansammlung von Flaschen, die ihm halb die Sicht versperrten, eine Geste von Fritt zu Frank. Er nickte. Aber Stuart, gelassen und dominierend, beschuldigte die Entdeckung dieser ausdrucksstarken und tragischen Geste nicht zu seiner Sicherheit. Er dankte dem Leckerli und reichte dem Schützen seine Hand.

"Mögen Sie Glück haben und viel Geld verdienen", sagte er. Ich hoffe, du erinnerst dich irgendwann an mich.

„Natürlich werde ich ihn in Erinnerung behalten. Ich vergesse weder die Lebenden noch die Toten", lautete die rätselhafte Antwort.

„Dasselbe passiert mir.

"Wann gehst du?

„Morgen früh. Heute ist es spät und ich bin müde.

„Gute Fahrt und viel Glück.

Stuart verließ den Laden und trat auf die schattige Auffahrt. Der Instinkt sagte ihm, dass eine große Gefahr lauerte und er sie kontrollieren musste. Mit weniger Leuten hätte er Fritt als Verräterin ausgelöscht, aber es wäre selbstmörderisch gewesen, es zu versuchen.

Er sah sich tief um und entdeckte den Schatten eines nahegelegenen Tejavana. Er überquerte schnell, packte die Holzlatte und gewann mit der Wendigkeit eines Affen das Dach.

Obwohl er sich in einer prekären Situation befand, konnte er sich darauf legen und warten. Kurz darauf sah er heimlich Frank und drei andere bewaffnete Männer herauskommen, die sich an den Fassaden festhielten, um unbemerkt zu bleiben.

Sie durchsuchten die Straße, ohne ihn zu entdecken. Überrascht gingen sie in die Mitte der Straße und schauten auf und ab, ohne ihn zu finden.

„Höllenstrahlen!" rief Frank." Hat ihn die Erde verschluckt?

„Er muss gerannt sein", sagte einer. „Er hätte Angst, dass wir sein Geld gesäubert haben.

„Wir werden es trotzdem aufräumen. Wenn Sie noch nicht im Gasthof angekommen sind, warten wir auf Ihren Eintritt und wenn nicht ... gehen Sie auch wieder.

Sie verschwanden die Straße hinauf. Stuart wartete, ohne sich von seinem Observatorium zu entfernen.

Eine halbe Stunde später verließ Fritt mit zwei seiner Männer das Lokal. Stuart hörte ihn sagen:

„Ich gehe ins Bett, weil ich müde bin. Ich denke, Frank hat es geschafft, den Kerl zu schnappen. Die zehntausend Dollar werden morgen geteilt.

„Sollen wir Sie begleiten, Chef?

„Tu es nicht. Die Gefahr ist vorüber. Von diesem Moment an sind wir die Meister. Morgen wirst du mir erzählen, wie alles ausgegangen ist.

Einer seiner Männer antwortete:

„Glaubst du, wir beenden den Abend im Vanity?

„Wir werden anfangen, wegen dieser zehntausend Dollar auszugeben.

Der Vorschlag wurde angenommen, sie fuhren mit Fritt die Straße hinauf, aber dreißig Meter entfernt trennten sie sich von ihm, um ein anderes Haus zu betreten. Fritt sah sich um und ging, die erhabene Einsamkeit der Straße beobachtend, weiter.

Stuart, immer lächelnd, stieg von der Tejavana herab und ging, an die Fassaden geklebt, hinter dem Schützen her. Er war bereit, einen harten Job anzunehmen, bevor er floh.

Fritt verließ die Straße von San Francisco und betrat eine Seite, dann ging sie zu einer anderen parallel zur überfüllten Straße und erreichte wieder eine schmalere.

Stuart war ihm wie eine Katze gefolgt und hatte die Distanz verringert, bis er, als er diese Gasse erreichte, im Glauben, dass dies der richtige Ort für seine Pläne war, beschloss, kühl zu handeln.

Er verließ den Schutz der Häuser und sprang in den Staub der Straße. Fritt, zwölf Meter vor ihnen, würde die Projektion eines Lichtquadrats erreichen, das aus einer kleinen Taverne kam, die zu solchen Stunden noch geöffnet war, und als er die Lichteröffnung betrat, rief Stuart ihn:

Fritt. Ich bin hier, um dich für einen Verräter zu töten.

Der Schütze kramte mit seinem Revolver, um die Leiche vor dem Licht zu verbergen, aber er hatte keine Zeit. Ein Schuss vibrierte und die Rakete traf ihn in der Brust. Er stolperte mehrmals und fiel zu Boden. Stuart rannte mit dem Revolver in der Hand auf ihn zu und kam herüber.

Fritt war von Angesicht zu Angesicht in den Sternenhimmel gefallen und keuchte. Stuart griff schnell in die Jackentasche des Mannes und zog die prall gefüllte Brieftasche heraus. Dann sprang er in den Schattenbereich und rannte schnell davon.

Als die Gastwirte beschlossen, hinauszugehen und nachzusehen, was passiert war, wand sich Fritts Körper in den Zuckungen des Todes. Niemand konnte sehen, wer ihn getötet hatte oder wohin der Mörder geflohen war.

Dieser, mit seiner Rache zufrieden, schlüpfte auf dem Weg zum Hotel durch mehrere Gassen. Er wusste, was vor ihm lauern würde, aber er hatte seine Pläne, dem Hinterhalt zu entgehen, nicht vernachlässigt.

Das Sicherste war, dass die Bewaffneten, die ihn unterwegs nicht fanden, herausgefunden hätten, ob er schon angekommen war, und da sie sicher waren, dass er es nicht getan hatte, würden sie in der Nähe auf ihn warten. Die vier zu erschießen war kein Geschäft, das er mochte und er musste sie überlisten.

Es hing alles davon ab, wie sie die Überwachung organisiert hatten. Das Hotel hatte an seiner Rückseite eine Palisade mit einem Pferch und einem Tor. Er hatte darüber nachgedacht, als er dort geblieben war, und hatte nie versäumt, Abhebungen abzudecken. Er wusste, dass das Tor geschlossen sein würde, aber der Zaun war leicht zu überspringen.

Wie eine Katze ging er vorsichtig vor, bis er sich der Rückseite des Hotels näherte. Dort angekommen, atmete er mit Leichtigkeit, denn anscheinend ahnten sie nicht, dass er diesen Teil durchdringen konnte, und umso mehr, als er ihre tragischen Vorhaben ignorierte.

Mit einem Sprung erreichte er den Zaun und schoss nach oben. Als er in den Stift fiel, lächelte er.

Für ihn hätte es nicht besser laufen können. Es gab keinen Foot mehr, keine Agnes, nicht einmal dieses Schwein Fritt, dem er die Hegemonie der Stadt gegeben hatte und so heimtückisch bezahlen wollte. Seine Rechnungen waren beglichen, und er hatte zehntausend Dollar, die in der Brieftasche des Toten und seinen eigenen Ersparnissen waren.

Immer vorsichtig zog er durch die hintere Servicetür und betrat das Gebäude unbemerkt von dem diensthabenden Angestellten, der hinter dem Tresen halb döste.

Mit einem gemessenen und leichten Schritt stieg er die Treppe hinauf und als er den Flur erreichte, blieb er zögernd vor Bettys Schlafzimmertür stehen. Wenn das Mädchen einen tiefen Schlaf hatte, könnte der Anruf die Aufmerksamkeit des Hausmeisters erregen und ihm schaden.

Er klopfte diskret mit den Fingerknöcheln an die Tür und bald fragte die erschrockene Stimme der jungen Frau:

„Wer ruft an?

Er legte seinen Mund an die Naht der Tür und flüsterte:

"Pass auf, sei still. Ich bin's, Stuart. Öffnet.

Kurz darauf führte ihn die junge Frau herein und murmelte:

„Oh mein Gott! Was ist los?

Jetzt erzähle ich es dir. Schließen.

Er betrat das Schlafzimmer und ließ sie das Licht nicht anmachen. Sie konnten im Licht der Sterne, die durch das Fenster drangen, gut sehen.

„Ich dachte, du kommst nicht, Stuart", sagte Betty. Ich hatte Angst, dass …

„Die Nacht war nicht sehr ruhig, aber es hat Spaß gemacht. Ich habe so viele Dinge gemacht, dass ich jetzt erstaunt bin, dass ich sie in so kurzer Zeit schaffen konnte. Für etwas, das ich mag Nächte. Die hier in San Francisco sind wunderbar.

„Willst du mir sagen, was du getan hast?

„Etwas, für das einige im Moment viele Tausend Dollar geben würden, um meinen Bauch mit Blei zu füllen, und ich muss es vermeiden. Zieh dich an, Mädchen, wir gehen.

"Wo?

„Ich weiß es nicht; aber ich weiß, dass wir San Francisco mit Vollgas verlassen. Es bleibt nur noch wenig Tag und das wenige, das bleibt, müssen wir nutzen.

„Also, wir können es kaum erwarten…

„Nicht. Wenn du aus dem Außenfenster schaust, wirst du vier Typen mit Revolverpistolen sehen, die darauf warten, dass ich ins Hotel zurückkehre, um mir eine ewige Ruhe zu gönnen wären diese Soli, würde ich vielleicht nicht gehen, aber ich habe die ganze Fritt-Band hinter mir.

"Fritts? Ich dachte, dass…

„Ja, weil Foot's nicht existiert und Foot auch nicht, weil ich es selbst übernommen habe. Später musste ich Fritt in die Hölle schicken, aber seine Männer bleiben. Ich vollbringe keine Wunder und ich weiß, wie ich mich zurückziehen kann, wenn es angebracht ist.

"Dann…

„Die San Francisco Airs tun mir im Moment nicht gut, aber beeilen Sie sich nicht; Ich wurde gut bezahlt. Ich habe eine Tasche voller Geld, das ist das Wichtigste.

„Wir werden nach San Antonio oder an einen anderen Ort gehen und eine Spielhölle einrichten. Wir werden die Eigentümer sein und viel Geld verdienen.

"Warum eine Spielhölle? Ich hätte lieber die Ruhe einer Ranch oder einer Farm. Ich mag dieses Leben nicht, Stuart, und wenn du, wenn du mich wirklich liebst, solltest du dich nicht bloßstellen zu mehr, da Sie etwas zum Leben haben.

„Möchtest du das wirklich, Taube?

„Ich sage dir, wie leid es mir tut, Stuart.

„Gut, Liebes. Wir werden es besprechen. Bist du bereit?

"Wann immer du willst.

„Nimm das genaueste für die Reise und lass den Rest. Wir können nicht viel Fracht transportieren.

Sie gehorchte und mit seiner Hand gingen sie in den Flur hinaus.

Er führte sie zum Corral. Er wählte das beste Pferd, das er darin fand, und führte ihn in die Gasse.

Schon darin nahm er Betty in die Arme und hing sie in die Luft. Einige Sekunden lang starrte er sie an und fragte, ohne sie auf den Stuhl zu setzen:

„Möchtest du wirklich auf einer Ranch leben?

„Ich schwöre es bei der Liebe, die ich für dich habe.

„Nun, du gewinnst, Kleines; Küss mich.

Sie küsste ihn leidenschaftlich und er setzte sie auf den Stuhl.

Er ging um die Ecke und erreichte den Ausgang der Stadt. Der Mond spiegelte sich in silbernen Strahlen vom Meer und Stuart blickte auf die poetische Landschaft und murmelte:

„Die Wahrheit ist, dass man einen so süßen und freundlichen Ort für die unheimlichste Stadt Amerikas nicht erklären kann. Wenn ich Macht hätte, würde ich San Francisco mit einem Erdbeben versenken und es in Brand stecken, um es zu reinigen.

Und mit leiser Stimme ein Cowgirl-Lied singend, brachte er das Pferd zum Galopp, während er auf seiner Brust die sanfte Berührung von Bettys Rücken und auf seinem Gesicht die sanfte Berührung ihres goldenen Haares spürte.

ENDE